백수귀족 판타지 장편소설

WISHBOOKS FANTASY STORY

바바리안 퀘스트

백수귀족 판타지 장편소설

초판 1쇄 찍은 날 | 2018년 8월 8일
초판 1쇄 펴낸 날 | 2018년 8월 16일

지은이 | 백수귀족
펴낸이 | 예경원

기획 | 위시북스
편집책임 | 이규재
편집 | 위시북스

펴낸곳 | 예원북스
등록번호 | 제396-2012-000132호
등록일자 | 2012. 7. 25
KFN | 제1-296호

주소 | 경기도 고양시 일산동구 호수로 646-24 위너스21II빌딩 206A호 (우)10401
전화 | 031-819-9431 팩스 | 031-817-9432
E-mail | yewonbooks@naver.com

ISBN 979-11-89348-91-5 04810
979-11-6098-952-6 (set)

※ 이 도서의 국립중앙도서관 출판시도서목록(CIP)은 서지정보유통지원시스템 홈페이지(http://seoji.go.kr)와 국가자료공동목록시스템(http://www.nl.go.kr/kolisnet)에서 이용하실 수 있습니다.

백수귀족 판타지 장편소설

WISHBOOKS FANTASY STORY

바바리안 퀘스트 5

Wish Books

바바리안
퀘스트

CONTENTS

Chapter 1

하르마티성을 둘러싼 포위망은 넓었다. 철저한 검문을 통해서 외부 물자가 성안으로 반입되는 걸 막았다. 하르마티성은 물자 부족 속에서 혹독한 겨울을 보낼 것이다.

왕자 진영에서 공격 시도도 여러 번 했기에 느긋하게 앉아 있지도 못했다. 서서히 말려 죽이는 포위의 정석이었다. 검귀 페르젠은 사라졌지만 그 제자나 마찬가지인 제국 지휘관들이 군대를 훌륭히 통솔했다.

"더럽게 춥네. 하필 내 차례에 폭풍우라니."

해안을 감시하는 병사가 말했다.

병사들은 기름을 먹여 방수 처리한 망토를 입고 있었다. 하지만 그걸로는 폭풍우를 전부 막진 못했고 빗물이 옷자락 사이를 비집고 들어왔다. 젖은 몸은 금방 체온이 떨어졌다.

"후우."

병사들이 차가운 입김을 뿜으며 수평선을 바라봤다.

"빨리 내전이 끝났으면 좋겠어. 슬슬 집에 가고 싶다고."

"이대로라면 겨울도 여기서 보내야 할걸?"

"빌어먹을 하르마티. 항복이나 빨리 할 것이지."

병사들이 욕설을 내뱉었다.

쿠르릉!

천둥소리가 크게 퍼졌다. 빗줄기는 더 굵어졌다.

"제기랄."

비보라 때문에 시야마저 탁했다. 병사들은 아름드리나무 밑에 옹기종기 모여서 간이 피신처를 만들었다. 비보라를 가리며 모닥불을 피웠다.

"저거 뭐야?"

모닥불을 쬐던 병사가 말했다. 그가 눈을 작게 뜨며 출렁이는 바다를 바라봤다.

"아무것도 안 보이는데?"

"잘 봐봐. 뭔가 움직이고 있어."

"이 날씨에? 물귀신에게 홀린 거냐?"

핀잔을 주던 병사가 일어서더니 바다를 응시했다. 새하얗게 휘몰아치는 파도 속에서 무언가가 두둥실 떠다녔다.

"저거 뭐야? 일어나 봐!"

병사들이 잔뜩 경계했다. 그들이 무기를 들고 주섬주섬 일어났다. 폭풍우를 뚫고 해안가로 걸어갔다.

쏴아아!

파도를 타고 깨진 판자가 여러 개나 해안가까지 밀려왔다.

“어디서 배라도 침몰한 건가?”

일부 병사가 흩어지며 주변을 수색했다.

파도가 계속 출렁였다. 병사들은 행여나 파도에 휩쓸릴까 조심해서 해안선을 따라 걸었다.

“어, 어, 어어?”

병사들이 창을 들어 올렸다. 그들은 바다에서 무언가가 움직이는 걸 봤다.

“카아아아악!”

괴성을 지르는 사내가 파도 속에서 일어섰다. 병사들은 무기를 겨누며 경계했다.

“하아, 하아.”

괴성을 지른 사내가 숨을 헐떡이며 병사들을 쳐다봤다. 사내는 양팔에 사람을 한 명씩 들고 있었다.

‘두 명을 들고 이 파도를 헤쳐 나온 건가?’

병사들이 사내를 빤히 쳐다봤다. 덩치가 무척이나 큰 사내였는데 폭삭 젖은 머리카락이 사내의 얼굴을 가리고 있었다.

“무기 치워, 이 자식들아.”

사내가 말했다. 병사들이 굳게 창을 꼬나 쥐며 사내를 에워쌌다.

"신원을 밝히시오."

"용병대장 유리이다, 멍청이들이."

바다를 헤쳐 나온 사내, 유릭이 짜증스레 말했다. 그가 타고 온 배는 해안 바위에 부딪혀서 부서졌다. 유릭은 가까스로 시종과 다미아 공주를 양손에 쥐고 파도를 헤쳐 나왔다. 물 깊이는 고작해야 허리까지였지만, 머리 위까지 솟은 파도가 쉴 새 없이 유릭의 등을 두들겨서 한 걸음, 한 걸음이 고난이었다.

우득.

유릭이 등에 힘을 주며 빳빳하게 세웠다. 등뼈가 꺾인 듯이 뻐근했다.

"유릭? 아!"

병사가 유릭을 알아봤다. 어쩐지 덩치가 낯익다 싶었다. 유릭이 젖은 머리를 쓸어 넘기자 병사가 확실히 알아봤다. 먼발치에서 봤던 용병대장 유릭이 맞았다.

"지금 내가 뒈질 것 같으니까 빨리 불이 있는 곳으로 안내해. 특히 내가 들고 있는 여자가 죽으면 너희들 모가지가 다 날아갈지도 모르니까 말이야."

유릭이 다미아를 품에 안으며 말했다. 조금이나마 체온을 나눴다.

"이 두 사람은 누구요?"

병사가 유릭을 피신처까지 안내했다.

"이놈은 죽어도 되니까 신경 끄고, 다른 하나는 다미아 공주다."

유릭이 기절한 시종을 모닥불 옆에 대충 던졌다.

"다, 다미아 공주님?"

병사가 크게 당황했다. 그들이 여자를 쳐다봤다. 피부가 뽀얀 금발의 미녀다. 말단 병사들도 다미아 공주의 미색에 대한 풍문은 익히 들었다.

'진짜 다미아 공주라면…….'

행여나 여기서 다미아 공주가 죽는다면 일이 커진다. 분노한 왕자와 귀족들이 애꿎은 병사를 문책할지도 모른다.

"장작을 더 가져와!"

안내한 병사가 외쳤다. 피신처에서 쉬고 있던 병사들이 허겁지겁 움직였다. 그들은 밤새 쓰려고 마련해 둔 마른 장작들을 전부 집어넣었다.

"공주의 옷을 벗긴다. 이대론 몸이 더 차가워질 거야."

유릭이 병사의 망토를 뺏으며 말했다.

찌익!

유릭이 공주의 젖은 옷을 한 손으로 쭉쭉 찢었다. 물기를 대충 닦아내고 망토로 그녀의 몸 전체를 감았다.

"후우."

응급조치를 마친 유릭도 그제야 모닥불 앞에 앉아 휴식을 취했다. 그도 몹시 지친 상태였다. 눈만 감으면 곯아떨어질 것만 같았다. 누적된 피로가 온몸을 짓눌렀다.

"맙소사, 정말 살아 있었군. 다들 죽었을 거라 수군거렸는데."

병사들이 그제야 유릭에게 말을 걸었다. 그들도 잠입했던 별동대가 어떤 꼴을 당했는지 알았다.

'그냥 살아서 돌아와도 대단한 일인데 예상치 못한 다미아 공주까지 데려왔어.'

병사들이 유릭을 힐끗 바라봤다. 용병대장 유릭은 병사들 입에 자주 오르락내리락하는 인물이다. 여러 활약도 활약이지만 왕자하고도 절친한 사이로도 유명했다.

왕자 진영 내에서 유릭의 위치는 어지간한 귀족보다 영향력이 있었다. 일개 병사가 함부로 대할 사람이 아니었다. 병사들은 유릭의 눈치를 살피며 편의를 봐줬다.

"죽으면 안 돼, 다미아. 파헬이 간절히 기다린다고."

유릭은 입술이 파랗게 변한 다미아를 바라보며 중얼거렸다.

'파헬은 누이를 끔찍하게 생각하지. 어지간하면 슬퍼하는 모습은 보기 싫다고.'

유릭의 안색이 서서히 좋아졌다. 병사가 모닥불에 끓인 포도주를 유릭에게 건넸다. 한 잔 마시니 배 속부터 온기가 돌았다.

"흐으으으, 내, 내가 살아 있는 건가?"

모닥불 근처에 널브러졌던 시종이 깨어났다. 그는 주변을 두리번거렸다.

"이야, 걱정했었어! 깨어난 걸 보니 한시름 놓이는군."

유릭이 시종에게 끓인 포도주를 건네며 말했다. 주변 병사가 어이가 없어서 웃었다.

'방금 전까지 저자는 죽어도 상관없다고 말한 주제에 넉살도 좋군.'

시종이 벌벌 떨며 포도주를 마셨다. 그가 불안한 눈으로 유릭과 병사들을 바라봤다. 그는 그저 시종일 뿐이었다. 어쩌다가 여기까지 휘말린 불운한 사람이다.

병사 하나가 피신처 근처로 오며 말했다.

"방금 사람을 보냈소. 공주님과 그대를 데리러 사람들이 금방 올 거요."

유릭이 고개를 끄덕였다. 그가 폭풍우를 바라봤다. 마음이 차분히 가라앉았다.

저런 폭풍우를 몇 번이나 넘어야 동대륙에 도착할 수 있을까?

그의 생각보다 바다는 매서웠다. 만만한 상대가 아니었다.

"유릭이 살아 있어?"

소식을 들은 파헬이 만사를 제쳐 두고 일어섰다. 그가 외투를 챙겨 입고는 천막 바깥을 나갔다.

"비가 많이 내립니다, 왕자님. 안에서 기다리시지요."

필리온이 장대비를 뚫고 달려왔다. 파헬이 고개를 저으며 외투를 끌어 올렸다.

"아니, 가만히 있을 순 없어. 몸은 멀쩡하대?"

"팔다리 다 붙어 있다고 합니다. 그리고……."

"몸만 멀쩡하면 됐어."

파헬이 웃으며 필리온의 말을 막았다. 필리온이 조심스레 파헬의 팔을 붙잡았다.

"병사의 말로는 다미아 공주님과 함께 왔다고 합니다. 공주님은 상태가 그다지 좋지 않다고……."

필리온의 말이 끝나기도 전에 파헬이 말에 올라탔다. 그가 병사를 시켜서 종군 수도사를 데려오라 명했다.

"누님……."

파헬의 눈동자가 쏟아지는 장대비를 응시했다. 누이의 소식에 심장이 쿵쿵 뛰었다. 당장이라도 말을 몰아서 가고 싶었다.

"지금 사람을 보냈습니다. 이대로 가시더라도 길이 엇갈릴 겁니다! 진정하시지요."

필리온이 파헬을 말렸다. 파헬은 자신의 누이를 각별히 여겼다.

"제발, 루여."

파헬이 말 위에서 기도했다. 누이가 건강하게 다시 웃길 간절히 바랐다.

'어째서 다미아 공주님이 여기 계신 거지?'

필리온이 알기로도 다미아 공주는 왕성에 있어야 했다. 하르마티성에 있다는 소식은 듣지 못했다.

'공작이 볼모로 붙잡았나 보군. 다른 귀족들이 알면 보기에 좋지 않지.'

다미아 공주가 하르마티성의 볼모로 잡혀 있었다는 소식이 금방 퍼져 나갔다. 하르마티 공작을 향한 욕설이 오갔다.

"더러운 놈, 공주를 볼모로 잡아가다니. 왕위 계승권도 없는 여자를. 쯧."

"아무리 그래도 자신의 조카가 아니던가! 그런 자가 왕이 되려 했다니 염치도 없군."

귀족들은 다미아 공주의 생환을 기다렸다. 다미아 공주는 미색으로 이름이 높다. 왕국의 보물 중 하나였다.

"좋은 역할을 야만인 용병에게 뺏겼군."

무인 귀족과 기사들은 내심 그렇게 생각했다. 공주를 구하는 기사는 좋은 무용담이었다. 잘하면 공주와 좋은 관계로 엮

일 수도 있는 사건이다. 살을 보태기도 좋은 사건이라 음유시인들이 상상력을 동원해 낭만이 넘치는 이야기로 꾸며줄 터다.

'아무리 왕자가 총애하는 사람이지만 야만인 용병이 공주를 구하다니. 다른 사람들 듣기에는 영 좋지 않군.'

귀족들이 질시 섞인 시선으로 유릭과 다미아 공주를 기다렸다. 그들이 보기에 유릭은 단순한 행운아였다. 물론 전투력이 비범하긴 했지만 그것뿐이다. 싸움박질 좀 잘하는 야만인이 운 좋게 왕자를 만나 출세한 걸로만 보였다.

'승전 이후 논공행상에서 두고 볼 일이지. 설마 야만인에게 귀족 작위를 주진 않겠지.'

벌써부터 귀족들은 공을 다퉜다. 왕자의 비위를 맞춰가며 서로를 견제했다.

"오고 있습니다!"

감시탑에 있던 보초가 외쳤다. 귀족들이 우르르 몰려나와서 왕자의 뒤에 섰다. 그들의 수장인 파헬조차 비를 맞고 유릭과 공주를 기다리고 있었다. 다른 귀족들도 나올 수밖에 없었다.

"성대한 환영이로군! 고개가 뻣뻣한 나리들이 비를 맞고 계시잖아?"

망토를 꽁꽁 두른 유릭이 말했다. 안색이 조금 안 좋긴 해도 큰 이상은 없어 보였다.

"유릭!"

파헬이 달려 나왔다. 멀쩡한 유릭을 보자 맘이 놓였다. 한숨을 돌린 그가 황급히 누이를 찾아 고개를 돌렸다.

"아직 의식은 차리지 못했어. 의사에게 보여주는 게 좋아."

유릭이 망토에 둘둘 말린 다미아 공주를 가리키며 말했다. 보온은 확실했으나 공주의 체면이 말이 아니었다.

"이봐!"

파헬이 드물게 강압적으로 외쳤다. 기사들이 다미아 공주를 들어 천막 안쪽으로 옮겼다. 파헬이 쓰던 침대에 다미아를 눕혔다.

"체온이 낮습니다. 심적으로 놀랐는지 호흡도 불규칙하군요. 몸을 따뜻하게 하고 휴식을 취하면 회복될 겁니다."

종군 수도사가 다미아의 상태를 살피며 말했다.

"유릭도 살펴줘."

파헬이 종군 수도사에게 명했다. 유릭이 다가오는 종군 수도사를 밀쳤다.

"나는 됐어. 술이나 더 줘."

유릭이 술을 퍼마시며 의자에 기대듯 앉았다. 그가 침대를 가린 장막을 바라봤다.

종군 수도사가 진찰을 끝내고 나갔다. 시녀들이 쪼르르 달려와서 다미아를 간호했다. 그녀들이 다미아의 알몸을 따뜻한 물수건으로 이리저리 닦았다.

“고마워, 유릭.”

파헬이 유릭 앞에 앉으며 말했다. 길게 말하진 않았다. 그 정도면 말이 통했다.

“천만의 말씀.”

유릭이 술잔을 들어 올리며 웃었다. 그리고 그 잔을 비우자마자 의자에 앉은 채로 곯아떨어졌다. 고개가 뚝 하고 떨어지는 것만 봐도 얼마나 고됐는지 보였다. 유릭의 손아귀에서 떨어진 술잔이 바닥을 굴러다녔다.

조심스레 일어난 파헬이 구르는 술잔을 주워서 탁자에 올렸다. 그는 자신의 외투를 벗어서 유릭의 몸을 덮었다.

‘내 기사들 말고는 그 누구도 내게 손을 내밀지 않았을 때 서슴없이 손을 내밀어준 사내다.’

유릭은 단순히 신의성실이나 돈 때문에 여기까지 온 게 아니었다. 어느 순간부터 펠리온처럼 순수하게 파헬을 위해 행동했다.

파헬은 자신을 도와준 사람들에게 감사했다. 그들은 추방당한 거나 마찬가지인 자신을 믿고 여기까지 따라왔다.

‘이제 내가 그에 걸맞은 대우를 해줄 차례지.’

다미아 리누 포를카나는 열에 시달렸다. 바닷물에 빠졌던 몸은 차가웠지만 머리만큼은 뜨겁게 달아올랐다. 눈을 뜨려고 했지만 눈꺼풀이 떠지지 않았다. 귀신이 몸을 짓누르는 듯했다. 그녀는 의식은 한없이 과거로 내려갔다.

어디서부터 시작된 걸까.

포를카나의 쌍둥이가 태어나는 날 왕성은 기쁨으로 들썩였다. 그럴 만도 했다. 오랫동안 후사가 없었는지라 많은 사람이 걱정했었다. 왕의 형제이자 방계인 하르마티 공작이 직계가 되어 왕가를 이을 거라 생각했었다. 쌍둥이가 태어나기 전까지는.

왕비는 난산의 후유증으로 쌍둥이가 커가는 걸 보지 못하고 죽었다. 하지만 왕은 슬픔보다 기쁨이 더 컸다. 어차피 왕비란 아이를 낳기 위해 데려오는 도구와 같았다. 왕이 원한다면 자신의 딸을 바칠 신하가 수두룩했다.

"왕가의 혈통이여!"

쌍둥이는 포를카나 왕가의 피를 짙게 이어받았다. 국왕은 적금발에 갈색 눈동자였으나 쌍둥이는 왕가의 특징이 두드러졌다.

"다미아 리누 포를카나!"

포를카나의 딸, 다미아. 화사한 금발과 푸른 눈동자를 가진 혈통의 모범이었다. 그녀는 찰나 먼저 태어나 첫째 자식이 되었다.

"바르카 아누 포를카나!"

포를카나의 아들, 바르카. 금발은 없었지만 푸른 눈동자가 짙었다. 장차 왕위를 이을 후계자.

왕은 기뻤고 애지중지하며 쌍둥이를 키웠다. 원하는 거라면 뭐든 들어줬다. 쌍둥이는 어미가 없어도 부족함 없이 자랐다.

"바르카."

여덟 살? 아홉? 아마도 그쯤. 다미아는 동생을 무척이나 아꼈다. 쌍둥이인 바르카는 그녀의 반쪽과도 같은 존재였다.

"예뻐."

다미아가 말했다. 그녀는 자신의 옷을 바르카에게 입혔다.

"으, 응."

바르카가 떨떠름하게 자신이 입은 치마를 바라봤다. 입이 마르도록 칭찬하는 누이를 보자 차마 치마를 벗지 못했다.

바르카는 누이의 말이라면 뭐든 들었다. 단순히 칭호만 누님인 게 아니라 다미아가 겉보기에도 두어 살은 많은 누이 같았다.

다미아가 태양이라면, 바르카는 그림자이며 달이었다. 실제로도 다미아는 활발하고 적극적이며 총명하다는 소문이 많았다. 반면 바르카는 소극적이며 둔하다는 인상이 컸다.

"오늘 선생님이 오신다고 했어, 누나."

"괜찮아. 내가 나중에 잘 말해둘게. 오늘은 이대로 정원에 놀러 가자. 시녀들 빼고 우리끼리만."

다미아가 손뼉을 치며 웃었다. 눈웃음이 화사했다. 그 웃음을 보면 누가 부탁을 거절할 수 있을까? 그건 바르카도 마찬가지였다.

"꽃을 꽂아줄게."

정원에 도착한 다미아가 꽃을 꺾어 바르카의 머리에 꽂았다. 누가 본다면 남매가 아닌 자매라 해도 믿을 것이다. 다미아만큼은 아니지만 바르카도 왕가의 미모를 타고났다. 장성한다면 멋진 귀공자로 자랄 것이다.

"잘 어울려, 바르카."

다미아가 손뼉을 치곤 바르카의 머리를 쓰다듬었다. 바르카가 불안하게 태양을 바라봤다. 해가 저물고 있었다. 벌써 빼먹은 수업이 수두룩했다.

"누나, 저녁에는 검술 훈련이 있어. 그 선생님은 엄해서 무서워. 제국군 교관 출신이래."

"바르카는 검술 따윈 배우지 않아도 돼. 내가 지켜줄 테니까."

다미아가 바르카를 뒤에 껴안았다. 그녀의 금발이 내려오며 바르카의 코를 간지럽혔다.

"내가 누나를 지킬 거야. 내, 내가 남자잖아."

바르카가 우물쭈물하며 말했다.

"그런 건 상관없어. 너는 내 동생이니까. 잘 들어. 바르카, 너와 난 둘이서 하나야. 책에서 봤어, 쌍둥이는 하나의 영혼이 갈라진 거래. 훗날 우리가 죽어 루의 앞에 서면 다시 하나가 될 거야. 우린 원래 같은 존재야."

바르카에게는 이해하기 어려운 말이었다. 그저 누이의 말에 고개를 끄덕였다.

바르카는 아직 태양교리를 읽어보지 못했다. 그는 아직 글자를 더듬더듬 읽는 수준이었다. 사람들은 바르카가 놀기 좋아하는 둔재라 말했다. 사실 그렇게 배움이 늦는 것도 아니었으나 총명한 다미아와 비교됐으며 수업을 빠지고 자주 놀러 다녔기 때문이다.

"아버지가 오셨어."

바르카가 고개를 들며 말했다. 금수가 놓인 외투를 걸친 국왕이 정원을 가로질렀다. 굳게 다문 입 덕분에 완고한 인상이었다.

"이게 무슨 꼴이냐, 바르카. 수업도 하루 종일 빠졌다고 들었다. 그게 하루 이틀이 아니라는 소문이 있더구나."

엄한 말투였다. 바르카가 머뭇거리자 옆에 있던 다미아가 앞으로 나섰다.

"제가 입힌 거예요. 그리고 제가 놀러 가자고 말한 겁니다.

바르카는 제 말을 따른 것뿐이에요."

힘들게 본 후사였다. 국왕은 쌍둥이를 아꼈고 특히 다미아가 하고 싶은 건 뭐든 해줬다.

국왕이 이맛살을 찌푸렸다. 바르카가 여자의 옷을 입고 있다. 다른 신하들이 보면 무슨 말을 하겠는가? 장차 이 나라를 이끌어 갈 사내가 여장이라니? 남자다움을 과시하는 귀족과 기사들이 얼마나 비웃을까?

짝!

국왕이 디미아에게 손찌검을 했다. 다미아가 쓰러졌다. 놀란 바르카가 눈만 동그랗게 떴다.

"바르카, 당장 그 옷을 벗고 네 검술 선생이 기다리는 곳으로 가거라."

시종들이 바르카의 손을 잡고 끌고 갔다.

"…아프네요."

다미아가 뺨을 감싸며 일어섰다. 말투는 담담했다. 그녀의 푸른 눈동자는 두려움에 물들지 않았다. 자신이 맞지 않았는데도 겁부터 먹은 바르카와 대조적인 반응이었다.

'쌍둥이 형제였다면 좋았으련만.'

다미아는 어린데도 기개가 있었다.

사내라면 얼마나 좋았을까?

"다미아, 네가 하고 싶은 일이라면 뭐든 해도 좋다. 말괄량이처럼 굴어도 좋고 서고에 가서 읽고 싶은 책을 맘껏 읽어도 된다."

국왕의 말투는 자상했다. 그가 붉어진 다미아의 뺨을 감쌌다.

"이미 그러고 있어요, 아버지."

"네가 얼마나 똑똑하든 무엇을 하든 너는 공주다. 왕가와 이 나라를 위해 얼굴도 모르는 누군가에게 시집을 가야겠지. 그건 비극이야. 그렇기에 그 전까지 난 너를 위해 모든 걸 해줄 거다. 너는 똑똑하니까 내 말이 무슨 의미인지 벌써 알겠지. 하지만 바르카는 사내이며 왕이 될 아이다. 너와는 달라. 녀석은 교육과 훈육을 받으면서 제왕의 격을 갖춰야 해. 그게 진짜 바르카를 위하는 길이다."

국왕은 현실을 토로했다. 다미아라면 충분히 알아먹으리라 생각했다. 그녀를 가르친 선생들이 입을 모아 똑똑하다고 말했으니까. 다른 아이라면 사흘이 걸릴 공부를 하루 만에 끝내는 수재다.

다미아는 국왕의 말을 알아들었다. 충분히 이해했다. 너무나 쉽게 이해했기에 현실의 잔혹함을 느꼈다. 그녀는 자신의 미래가 벌써 정해졌다는 걸 깨달았다.

얼굴도 모르는 사내에게 팔려갈 운명. 공주란 그런 존재였다.

국왕의 아련한 눈동자가 다미아의 가슴을 찔렀다. 차라리

아버지가 자신을 사랑하지 않았다면 좋았으련만, 국왕은 쌍둥이를 둘 다 끔찍이도 아꼈다.

지금 다미아의 나이 열여섯, 충분히 여자의 역할을 하고도 남을 몸이다. 풍만한 가슴과 엉덩이는 아이를 낳을 준비가 됐다.

다미아는 열병에 시달리며 눈을 떴다. 아직도 그날의 기억이 선명했다.

"아니지, 멍청아. 주사위 두 개의 눈이 똑같으면 한 번 더 던진다니까. 돈도 두 배로 더 걸고. 아니면 그냥 나온 숫자로 값을 매기든가."

다미아가 흐릿하게 눈을 떴다. 장막 너머로 두 사람이 있었다.

탁자에 마주 앉은 유릭과 파헬은 주사위 내기를 하고 있다. 유릭이 파헬에게 주사위 내기의 규칙을 가르쳐 주고 있었다.

"그전에는 네가 그런 말 한 적이 없다니까. 중간에 지어낸 거 아니야?"

파헬이 볼멘 목소리로 되물었다.

"거참, 내가 아쉬워서 이런 걸로 거짓말하겠어? 하여튼 내가 다시 던진다."

유릭이 주사위를 양손 안에 넣고 흔들었다. 탁자 위로 주사위를 뿌리듯 가볍게 놓았다.

"좋아, 바로 이거지."

유릭이 주먹을 불끈 쥐었다.

"으으."

파헬은 주사위 눈을 보며 신음했다. 유릭이 웃으면서 손가락을 까딱였다. 금화가 수어 개가 한순간에 날아갔다.

한적한 시간이었다. 유릭이 돌아온 지 사흘이 넘었다. 유릭은 금방 체력을 되찾았다.

'정말로 바르카와 친한 사이로군.'

다미아가 장막 너머를 보며 중얼거렸다. 유릭과 파헬이 격없이 말을 나눴다. 두 사람이 각각 야만인과 왕족이라고 도저히 믿기 힘들었다.

"바르카, 거기 있느냐?"

다미아가 동생의 이름을 나직이 불렀다.

"누님!"

파헬이 벌떡 일어나 침대로 달려왔다. 그는 침대의 장막을 젖히며 다미아의 손을 꼭 잡았다.

"오랜만이구나."

다미아가 메마른 입술로 말했다.

"여기 물이 있습니다."

파헬이 물을 떠 왔다. 입술을 축인 다미아가 유릭과 파헬을 번갈아 봤다.

유릭은 뒤에서 다미아와 파헬의 해후를 지켜봤다. 오가는 걱정과 안부는 따스했다.

'흐음.'

유릭이 팔짱을 끼며 뒤로 물러났다. 두 사람만 놔두는 게 좋다고 판단했다.

"예전처럼 편하게 불러주면 좋으련만. 곧 네가 왕이 되면 나 역시 네게 말을 올려야겠지."

"아닙니다, 누님. 예전과 달라질 건 없어요."

파헬이 고개를 저었다.

"네가 이렇게 무사히 돌아온 걸 보니…… 마음이 놓이는구나."

"다 누님 덕분입니다. 누님께서 붙여주신 기사가 무척이나 충성스러웠습니다. 필리온 경은 저를 위해 목숨까지 바칠 기사 중의 기사입니다."

제국군의 힘을 빌린다는 계획도 다미아가 먼저 꺼낸 이야기였다.

"그나저나 저자가 너를 파헬이라 부르더군."

파헬이 고개를 끄덕였다.

"가명으로 쓰던 이름이 익숙해서 그런 겁니다."

"조금만 더 쉬고 싶구나. 자리 좀 비켜줄 수 있겠느냐?"

"물론이죠. 걸을 정도로 회복되시면 왕성으로 보내드리겠습니다. 전장은 여인이 있을 곳이 아니죠. 같이 가면 좋겠으나 전쟁이 길어질지도 모릅니다. 이 전쟁에서 제가 자리를 비울 순 없어요."

파헬이 일어서며 말했다. 다미아가 눈을 게슴츠레 뜨며 파헬을 바라봤다. 그녀는 입을 다물며 아무런 말도 하지 않았다.

'누님도 건강히 깨어났어.'

천막 바깥으로 나간 파헬이 하르마티성을 바라봤다. 성만 함락시키면 모든 게 끝난다.

Chapter 2

가을 막바지에 군사 회의가 열렸다. 귀족과 지휘관들이 한 자리에 모였다. 넓은 지휘 천막에서는 십여 명이 넘는 사내가 서 있었다.

저벅, 저벅.

파헬이 가장 늦게 지휘 천막에 입장했다. 귀족들이 좌우로 흩어지며 고개를 숙였다. 포르카나의 권력을 쥐어 잡을 젊은 왕의 등장이다.

'역시 소문은 믿을 게 안 돼.'

내전 이전에 파헬을 한 번도 보지 못한 귀족들도 있었다. 그들은 소문과 다른 왕자를 바라봤다. 푸른 눈동자는 얼음처럼 단단했다. 철부지 왕자 따윈 그 어디에도 없었다.

"다들 앉으시죠."

파헬이 회의장 상석에 먼저 앉으며 말했다. 그제야 다른 귀족들이 눈치를 살피며 자리에 앉았다.

'쫓기는 몸으로 제국까지 탈출해서 자신의 왕좌를 찾으러 왔지.'

좋은 이야깃거리다. 덕분에 무력한 왕자라는 딱지를 단숨에 떼어냈다. 외세를 국내 정치에 끌어왔다는 비난이 있긴 했지만 어차피 포르카나는 속국 신세였다. 승리한 왕자에게 외세를 끌어왔다는 비난은 먹히지 않았다.

"하르마티에게 죽음을!"

"죽음을!"

귀족들이 외쳤다.

특히 젊은 영주나 귀족들은 파헬에게 호의적이었다. 젊은 왕자가 교활해 빠진 숙부를 물리치는 모습은 젊은 귀족들의 공감을 샀다. 귀족사회에서는 흔한 일이었으며 자주 벌어지는 일이기 때문이다. 그런 일이 젊은 귀족들에게 언제 일어날지 모른다.

'바르카가 귀족들을 통솔하는 모습을 볼 줄이야. 도대체 그간 무슨 일이 있었던 걸까?'

다미아는 회의장 뒤편에서 파헬을 쳐다봤다. 회의 과정을 보고 있으니 파헬의 영향력이 피부에 와닿았다.

"어때? 뿌듯하지 않아? 왕성에서 출발했을 때와 다르지?"

어느새 유릭이 옆에 다가오며 말했다. 유릭은 회의에 참석했으나 발언은 거의 하지 않았다. 그저 지켜볼 뿐이었다.

'저 야만인이!'

몇몇 귀족의 눈이 휙 돌아갔다. 그들은 자신들이 왕자에게 얼마나 충성하는지 경쟁을 벌이고 있었다. 되도록이면 다미아 공주에게 멋있는 모습을 보여주려고 했다. 귀족들조차 다가가기 힘든 다미아 공주에게 쉽사리 말을 건 유릭이 마음에 들지 않았다.

'자신이 공주를 구했다고 아주 막 나가는군.'

질투가 쏟아졌다. 벌써 다미아 공주의 미색에 홀린 귀족 사내가 한둘이 아니었다.

"그게 무슨 말이지? 용병?"

다미아가 새침하게 말했다.

"그야 내가 처음 봤을 때, 파헬은 멍청이였거든. 뭐가 똥인지도 흙인지도 구분 못 하고 나대는 놈이었지."

"무엄하구나."

다미아가 쏘아붙였다.

"무엄하고 말고, 그게 사실인걸. 그런데 말이지……."

유릭이 누런 눈동자로 다미아를 내려다봤다. 그가 입술을 천천히 달싹였다.

"우리 공주님께서는 내가 보기에 사리 분별을 잘하는 것 같더군. 파헬의 말을 들어보면 책도 많이 읽었고 똑똑하다 들었어. 그리고 놀랍게도 제국군의 힘을 빌린다는 계책을 짜내서 파헬을 왕성 바깥으로 내보낸 당사자가 댁이더군."

말이 날카롭다. 그의 눈동자가 다미아를 꿰뚫는 듯했다.

"…그래서?"

"아무튼 조심해."

유릭이 그렇게 말하곤 회의장을 쳐다봤다. 다미아의 동공이 커졌다 작아지길 반복했다.

"성안에서 연락이 왔습니다. 성문을 열어주겠다는 자가 있었습니다. 제 사촌 형제인 카밀런 경입니다."

귀족 하나가 그렇게 말했다.

"그자는 하르마티의 기사이지 않소! 믿을 수 없소."

다른 귀족이 반박했다.

"기사에게 충성도 중요하지만 하르마티는 반역자이며 충성할 가치가 없는 자입니다. 더군다나 기사로서 굶어 죽는 백성들을 도저히 볼 수 없다고 하더군요. 탈영병이 전해준 소식입니다."

소식을 전했던 탈영병 하나가 천막까지 끌려 나왔다. 그는 루에게 거짓이 아니라 맹세했다. 귀족들의 찬반이 오갔다.

"하르마티성에 있는 백성들도 곧 나의 백성이나 마찬가지입니다. 그 백성들이 고통을 받고 있다면 하루라도 빨리 성을 점령하는 게 옳은 일이겠죠."

파헬이 입을 뗐다. 그 말에 귀족들이 입을 다물었다.

"곧장 군을 재정비하겠습니다, 왕자님."

제국 측의 지휘관이 말했다. 수장이 공격을 결정했다. 반대하던 귀족들도 입을 다물었다. 오히려 서로 선봉에 서겠다고 난리를 피워댔다. 자신의 용감한 모습을 다미아 공주에게 보이고 싶어 했다.

"……내통자에게도 그렇게 연락해 놓겠습니다."

계책을 제안한 귀족이 그리 말하며 고개를 끄덕였다.

'공격은 일주일 후.'

귀족들이 일어서서 지휘 천막을 나갔다. 그들은 자신의 부대를 정비했다. 이번이 마지막 전투일 터다. 다른 말로는 공을 세울 마지막 기회인 셈이다. 주둔지의 움직임이 눈에 띄게 활발해졌다.

필리온은 자신의 오른손을 바라봤다. 엄지손가락만 달랑 남은 오른손이다.

'익숙해질 때도 됐는데 말이지.'

아직도 종종 오른손으로 잔을 잡으려다가 헛손질을 하곤

했다. 당연히 칼을 잡는 것도 무리다. 기사의 삶도 같이 끝장났다.

"원래 실력이 뛰어난 것도 아니니, 뭐."

필리온이 쓰게 웃었다. 그는 빈말로도 우수한 기사가 아니었다. 기사 서임을 받고 20여 년이 흘렀지만 제대로 된 공을 세운 적이 없었다. 야만인 토벌에 참가한 적도 없었고 기껏해야 산적 토벌 정도가 전부였다.

연줄이 있거나 정치적 역량이 뛰어난 것도 아닌지라 그저 나이만 먹어가며 한 자리를 차지했을 뿐이다. 무용담과 그럴싸한 명성도 없이 잊혀질 기사였다. 그저 은퇴할 날만을 기다리면서.

'멋진 여정이었다. 후회는 없어.'

왕자 호위는 그의 인생에서 대단한 사건이었다. 충만한 하루하루를 보냈다. 지치고 힘들었지만 뿌듯하고 보람찬 일이었다.

"전장은 여인이 있을 만한 곳이 아니야. 누님을 왕성까지 부탁해, 필리온 경."

파헬이 필리온에게 임무를 맡겼다. 필리온은 기꺼이 임무를 수락했다. 그는 기사 세 명과 병사 열두 명을 호위 임무로 차출했다.

"필리온 경, 바르카를 지켜줘서 고맙습니다."

다미아가 마차의 창문을 열며 말했다. 말을 탄 필리온이 고개를 끄덕였다.

"감사의 인사를 받을 것도 없습니다. 왕국의 기사로서 당연한 겁니다."

다미아가 옅게 웃었다. 그녀가 필리온의 오른손을 물끄러미 쳐다봤다.

"임무 중에 잃었군요."

"왕자님의 목숨과 맞바꾼 거라 생각하면 아깝지 않습니다."

필리온의 얼굴에는 그늘이 없었다. 어차피 은퇴해도 아쉬울 게 없는 나이다. 노년의 마지막 여정은 멋지게 끝났다. 그의 말투와 행동에서는 자신감과 만족감이 묻어 나왔다.

"바르카도 많이 변했군요. '전장은 여인이 있을 만한 곳이 아니야'라니."

다미아가 중얼거렸다.

"남자가 되신 거죠."

필리온이 장성한 자식을 보는 애비처럼 자랑스러워했다.

"…다른 남자들처럼 말이죠."

다미아가 창문을 닫으며 중얼거렸다. 파헬은 더 이상 누이에게 의존하지 않았다. 옛날에는 무슨 일만 생겨도 다미아에게 조언을 구하던 파헬이었다. 지금은 오히려 수하를 부리며 다미아의 거취와 안전을 챙겼다.

사내는 여인을 자신의 물건이나 전리품처럼 취급한다. 그게 당연한 일이었다. 여자들은 그저 사내의 결정에 따라 이리저리 오가는 종속된 물건이었다.

뿌득.

다미아가 주먹을 세게 쥐었다.

'바르카, 너마저.'

마차가 덜컹인다. 일정 간격으로 몸이 들썩였다. 왕성까진 금방 도착한다. 그리고 며칠 뒤에는 누가 이번 전쟁에서 승리했는지 연락이 올 것이다.

'아마도 승자는 바르카.'

다미아는 두 진영의 상황을 알았다. 왕자 진영은 사기가 드높고, 하르마티 진영은 패배해서 수성전까지 밀려난 상황이다. 하르마티가 희대의 전략가도 아닐뿐더러, 병력과 보급이 둘 다 부족한 상황에서는 누가 지휘해도 이기지 못한다.

'……라고 책에 나와 있었지.'

다미아가 피식 웃었다. 전쟁을 직접 경험해 본 적은 없지만 책으로 이론 정도는 안다. 전쟁의 기본은 병력의 숫자와 보급의 안전성이다. 그걸 갖춰야 나머지 전략전술이 통용된다.

'아버지는 정말로 내가 하고 싶은 건 뭐든 하게 해주셨지. 하지만 그것뿐이다.'

다미아가 사내였다면 벌써 중책에 앉아 있었을 것이다.

주색에 빠져 공부와 단련을 게을리하는 사내들도 그럴싸한 직책을 쉽게 얻어낸다. 하지만 여자를 위한 자리는 남자의 옆 자리뿐이었다. 그 여자가 얼마나 똑똑하든 어떤 능력을 가지고 있든, 그런 건 아무 상관도 없었다. 여자의 인생에 영향을 끼치는 건 '외모'뿐이었다.

"왕자님께서는 공주님을 정말로 아끼십니다. 이번 내전이 끝나면 분명 좋은 혼사 자리를 알아봐 주실 겁니다. 평판도 좋고 잘생긴 양반으로요. 껄껄."

필리온이 말했다. 다미아는 대꾸하지 않았다.

'많이 피곤하신가 보군.'

필리온이 머리를 긁적이며 마차 옆을 떴다. 그가 병사들의 상태를 살피며 앞을 바라봤다. 전부 말을 타고 있기에 왕성까지는 사흘도 걸리지 않았다.

유릭은 자신의 용병단과 함께했다. 유릭의 형제들은 사기가 한껏 치솟아 있었다. 그들은 누가 뭐래도 일등 공신이었다. 비록 숫자는 적으나 그 영향력은 제법 컸다. 이번 내전이 끝난다면 그 명성이 널리 퍼져 입단 지원자가 줄을 이을 터다.

"마지막 전투로군."

도노반이 등에 짊어진 방패를 들어 올리며 말했다. 그는 투구의 코가리개를 매만지며 흐트러진 투구를 정돈했다.

"다들 죽지 말라고. 이번 전투가 끝나면 우릴 기다리고 있는 건 뭐지?"

유릭이 용병들을 둘러보며 가슴을 크게 펼쳤다.

"금화!"

"그게 끝이 아니잖아! 가지고 싶은 건 전부 가지라고! 여자든 땅이든 뭐든!"

유릭이 외치자 용병들이 함성을 질러댔다. 포를카나의 후계자가 막대한 보상을 약속했다. 그 보상이 코앞에 있었다. 용병들은 그거 하나만 바라보며 반년이나 파헬을 지켰다.

"바르카 왕자 만세!"

"유릭의 형제들이 간다!"

용병들이 호들갑을 떨며 전투가 시작되길 기다렸다. 용병과 병사들은 자신의 성물을 꺼내 기도하거나, 종군 사제나 수도사에게 가서 축복을 받았다. 행여나 죽더라도 루의 곁으로 무사히 갈 수 있길 바랐다.

"유릭, 자네는 누구에게 기도할 거지?"

스벤이 유릭의 옆에 서며 물었다. 그는 무기를 코앞까지 들어 올리며 울가로의 이름을 읊조렸다. 검의 언덕은 언제나 전사를 기다렸다.

"글쎄. 하늘에게나 기도해 볼까?"

유릭이 허전한 목덜미를 매만지며 말했다. 태양 펜던트는 호수에 버리고 왔다.

'나는 루의 말대로 행동할 자신이 없어. 자애와는 거리가 멀고 피와 폭력을 좋아하지.'

그런 자신의 영혼이 루에게 받아들여질까?

유릭은 고개를 저었다. 그거 또한 신을 기만하는 행위다.

'그걸 알기에 페르젠은 태양신을 버리고 북부의 신을 택한 거겠지.'

페르젠의 마음이 진정으로 향하는 곳. 그곳에 북부의 신이 있었을 터다.

"사후를 깊이 생각하기엔 자네는 아직 젊어. 이런 곳에서 죽지 않을 걸세. 쿨럭."

스벤이 잠시 기침을 하더니 유릭의 어깨를 쳤다.

"그거야 당연하지!"

유릭이 어깨를 들썩이며 몸을 풀었다.

드르륵, 드르륵.

성벽까지 닿는 사다리탑이 바퀴를 끌며 움직였다. 그 옆에서 병사들이 방패를 들어 올리며 천천히 전진했다.

"성문이 언제 열리는 거지?"

"곧 열릴 거야, 아마도."

왕자의 군대는 성문이 열리기만을 기다렸다. 군대는 힘을 비축하며 거리를 유지했다.

하르마티의 군대도 수성전을 준비했다. 그들은 끓는 기름과 밧줄로 묶은 바위를 성벽마다 배치했고, 지휘관들은 성벽 위를 오가며 사기를 돋울 만한 연설을 시작했다. 그들은 서서히 전진하는 왕자의 군대를 바라봤다.

"50여 년 전, 제국군과 맞서 싸운 위대한 선조들을 기억해라! 그 대단한 제국군조차 결국 포를카나 왕국을 함락시키지 못했다!"

수성의 포를카나. 그 별명은 제국의 대통합 전쟁 때 붙었다. 오랫동안 버티면서 제국군을 막아낸 덕택에 다른 왕국보다 좋은 조건으로 속국 협정을 맺었다.

"50여 년이 지난 지금! 조국을 버린 배신자가 제국군을 이끌고 이 땅을 침략했다! 이대로 우리가 굴복해야 하는가? 아니다! 우리에겐 희망이 있다! 그게 누구인가?"

지휘관의 말에 병사들이 외쳤다.

"하르마티!"

"그렇다! 제국에 굴하지 않고 우리의 자치권을 지킬 강력한 군주! 우리에겐 제국의 황제에게 엉덩이를 내준 왕 따윈 필요가 없다! 오로지 강한 왕만이 이 나라를 지킬 것이다!"

"우와아아아아!"

병사들이 두려움을 날리듯 함성을 내질렀다.

하르마티 공작은 내성 성벽에서 전황을 지켜봤다. 주변에는 귀족들이 불안한 듯 서성였다.

"겨울이 오기 전에 전쟁을 어지간히도 끝내고 싶었나 보군, 조카님."

하르마티 공작이 턱을 매만졌다. 그에겐 기회였다.

'포위망이 계속되면 결국 나는 자멸한다. 하루라도 빨리 전면전을 걸어주는 게 내겐 오히려 유리한 상황이야.'

수성을 잘해내면 비등비등한 상황까지 갈 수도 있다.

'소문으론 검귀 페르젠이 사라졌다는 말이 있어.'

내심 검귀 페르젠의 명성이 두려웠다. 여러모로 상황이 나아졌다.

'다미아는 왕자의 진영에 있는 걸까?'

하르마티 공작이 쓰게 웃었다. 얼마 전에 다미아 공주가 사라졌다. 그녀는 자이론 백작을 꾀어내어 모종의 수단으로 탈출했다. 하르마티의 추측은 그 정도까지였다.

'내 손아귀에 이대로 붙잡혀 있을 여자는 아니었지. 내 조카지만 참으로 대단해. 남자로 태어났다면 범상치 않은 인물이 되었겠지.'

하르마티 공작이 혀로 입술을 핥으며 입맛을 다셨다. 그래봐야 여자였다. 약아빠진 꾀나 부리는 계집년. 하지만 반반한 얼굴만큼은 대단했다.

"왕자가 저돌적이군요. 이제 와서 전면전이라니. 마음이 급했나 봅니다. 심경의 변화라도 있든가요."

"아직 어린 만큼 참을성이 없는 거겠죠."

귀족들이 말했다. 그들은 성벽 위에서 병사들을 지휘할 자신도 없는 겁쟁이들이다. 겁쟁이들은 하르마티를 배신할 배짱도 없다.

"음?"

곰곰이 생각하던 하르마티 공작이 귀족들을 바라봤다.

"자네들 방금 뭐라고 했나?"

하르마티 공작이 쏘아붙이자 귀족들이 당황했다. 혹시라도 말실수를 했나 싶어서 더듬거렸다.

"왕, 왕자가 저돌적이라 말했습니다."

"어려서 참을성이 없는 거겠죠…… 라고."

하르마티 공작이 눈을 크게 떴다.

'아니야. 바르카는 겁쟁이인 만큼 신중한 성격이다. 성급한 부류와는 거리가 멀어. 신중하게 굴다가 때를 놓쳐 일을 망칠 성격이지, 성급하게 행동해서 일을 망칠 놈은 아니다.'

정치든 전쟁이든 적을 알아야 이기는 법이다. 하르마티 공작은 자신의 적수인 왕자가 어떤 부류의 인간인지 잘 안다.

'뭔가 이상하다. 진군 속도도 묘하게 늦어. 무언가를 기다리

고 있어.'

하르마티 공작의 눈동자가 떨렸다. 머릿속에서 온갖 생각이 오갔다. 그는 한때 왕국을 집어삼킬 뻔했던 수완가다. 머리가 굴러가는 게 남달랐다.

"성문을 책임지는 자가 누구더냐!"

하르마티 공작이 외쳤다. 부관 하나가 고개를 숙이며 대답했다.

"카밀런 경입니다."

"카밀런……."

하르마티 공작은 자신의 아랫사람들에 대해 잘 파악하고 있었다. 카밀런도 마찬가지로 잘 알고 있었다. 카밀런은 머리를 굴리는 것보다 원칙을 우선하는 우직한 기사다. 믿을 만한 사람이었지만 뭔가 불안했다.

"카밀런이 언제부터 성문을 지켰지?"

"3주 전쯤입니다. 자청해서 성문지기 역할을 맡겠다고 했습니다."

하르마티 공작이 턱을 괴며 잠시 생각했다.

"…친위대 열 명을 성문으로 보내라. 성문 수비를 보강해야겠어. 카밀런을 주시하라고 해."

하르마티 공작은 불안한 점이 있으면 그냥 넘어가지 못했다. 룽겔 공작을 직접 만나러 갔던 이유도 그런 성격 때문이었다.

'그냥 다소 정통성에 잡음이 끼더라도 왕성에서 바르카를 죽일 걸 그랬어.'

왕성에 왕자가 죽는다면 말이 많아진다. 왕성 바깥으로 빼내서 죽이는 게 나았다. '왕자가 멋대로 여행을 가다가 산적에게 죽었다' 같은 이야기를 덧붙이기 쉽다. 당시에는 옳은 판단이었지만 이렇게 밀린 지금 생각해 보면 잘못된 판단이었다.

"알겠습니다."

부관이 친위대를 차출해서 외성문으로 향했다. 그들은 하르마티의 충복이다. 하르마티의 말이라면 목숨도 바칠 사내들이었다.

"카밀런 경! 주군께서 성문 수비를 보강하라 말씀하셨소!"

친위대가 성문에 도착하자마자 그리 말했다. 카밀런은 갑작스러운 친위대들 때문에 눈을 크게 떴다.

"성문보다 성벽이 더 문제가 아닐까 싶습니다."

카밀런이 성벽 쪽을 보며 말했다.

"주군께서 성문을 지키라 말씀하셨소."

친위대들은 단호했다. 카밀런이 고개를 돌리며 식은땀을 흘렸다.

'제기랄.'

카밀런이 주변 병사와 눈을 마주쳤다. 카밀런과 뜻을 같이

한 병사들이었다.

'내가 내통했다는 걸 알았나?'

카밀런이 친위대의 눈치를 살폈다. 친위대는 성문 뒤에 서서 대기하고 있었다.

'내통했다는 걸 알았다면 당장 내 목이 달아났겠지. 아마도 하르마티 공작이 감으로 배치한 것일 터.'

카밀런은 소름이 돋았다. 그는 애써 표정을 숨기며 친위대를 바라봤다. 친위대원들은 무표정하게 서 있었다.

'내가 문을 열지 않으면 후퇴하겠지. 무리해서 공격하진 않을 거야.'

카밀런은 하늘을 바라봤다. 하늘은 높고 차갑다. 숨을 쉴 때마다 겨울이 다가온 걸 느꼈다.

'이대로 봉쇄된 채 겨울을 보내면 얼마나 많은 사람이 굶어 죽을까…….'

식량은 최우선적으로 귀족과 군대에 먼저 배분된다. 그런데도 병사들이 굶주리고 있었다. 아침만 되면 누가 굶어 죽지 않았나 서로 확인할 지경이었다. 백성들의 상황은 더 처참해서 아사자가 속출했다.

'사람들이 굶어 죽는데 대의가 무슨 소용이란 말인가.'

카밀런은 태양신 루를 섬기는 기사다. 주군에 대한 충의도 중요하지만 기사의 도리는 그보다 더 무겁다. 적어도 카밀런은 그렇게 생각했다.

'끔찍한 겨울이 오기 전에 이번 내전을 끝내야 돼. 누가 이기든.'

무고한 사람들이 굶어 죽는 것만큼 끔찍한 일은 없다. 카밀런이 기도문을 읊조리며 병사들을 바라봤다.

'나와 뜻을 함께한 병사들.'

대부분 이곳 출신 병사다. 그들은 이웃과 가족들이 굶주려 죽는 걸 무력하게 지켜볼 수밖에 없었다.

'비극은 끝내야 돼.'

개인적은 야망이나 이익 따윈 생각하지도 않았다.

"루여, 제게 용기를 주소서. 옳을 일을 할 수 있는 용기."

카밀런은 눈을 감고 떠올렸다. 골목길이 쓰러진 아이가 있었다. 아직 젖가슴도 나오지 않은 계집아이였다. 빼빼 마른 아이의 입에는 흙이 묻어 있었다. 얼마나 배가 고팠으면 흙을 긁어먹을 생각을 했을까?

"오늘 우린…… 송곳니가 없는 자들을 위해 싸운다."

카밀런이 칼을 뽑으며 몸을 획 돌렸다. 그가 눈앞에 있는 친위대의 목을 단숨에 찔렀다.

"성문을 열어라!"

카밀런이 목청이 터져라 외쳤다. 그를 따르는 병사들이 성문 도르래를 당겼다.

"미쳤구나! 카밀런!"

친위대들이 무기를 들어 올렸다. 그들은 카밀런의 반역을 직접 확인했다.

"내전을 여기까지 끌면 안 됐어. 발드릭 평원에서 패배했을 때 주군께선 백기를 들었어야 했다."

카밀런이 칼에 묻은 피를 털어내며 말했다. 그를 따르는 병사들이 방패를 들고 옆에 섰다.

"버텨라! 이 땅의 백성들을 위해!"

카밀런이 가장 앞에 섰다. 도르래가 풀리면서 성문이 내려가고 있었다. 친위대는 지체하지 않고 성문으로 달려들었다. 금방 칼부림이 일었다. 성벽의 병사들은 어찌 된 영문인지 몰라 망설였다.

"배신자들이다! 배신자들을 죽여!"

상황을 파악한 지휘관들이 외쳤다. 하지만 혼전이라서 당장 손쓸 틈이 없었다. 성문 앞에 방패를 세운 병사들이 오밀조밀했다.

'큰일이군.'

친위대들이 서로의 눈치를 살폈다. 배신자들을 처단하는 건 일도 아니다. 버텨봐야 곧 무너질 놈들이다. 다만 그사이 성문이 내려가면 끝장이다. 성문이 내려가 다리가 되면 깊게 파놓은 해자도 아무런 소용이 없다.

구우우우!

성벽 너머로 대지의 떨림이 느껴졌다. 왕자의 군대가 물밀듯 몰려오고 있었다. 병력 차이는 압도적인 열세! 적의 침입을 허용하는 순간 패배한 거나 마찬가지다.

"주군을 위해 죽어라. 마르디, 폴."

호명당한 친위대원이 고개를 끄덕였다. 그들이 앞장서서 성문 쪽으로 달려들었다. 목숨을 도외시한 돌격이었다.

푸욱!

친위대원 두 명이 미끼가 되어 적들의 공격을 받아냈다. 눈을 부릅뜨고 칼을 휘두르며 전열을 무너뜨렸다.

"가라!"

나머지 친위대원들이 달려들었다. 반역자 측에서는 기사라곤 카밀런밖에 없었다.

"큿!"

카밀런이 친위대원의 칼을 막으며 신음을 흘렸다.

'조금만 더.'

목숨을 바치는 건 이쪽도 마찬가지다. 죽을 각오가 없었다면 이런 짓을 저지르지도 않았다.

드르르.

친위대와 병사가 뒤엉키며 피가 사방으로 튀었다. 병사들도 독하게 친위대의 발목을 잡았다.

"성문을 열지 못하면 모두 굶어 죽는다! 이러나저러나 마찬가지라고! 이 자식들아!"

죽어가는 병사가 성벽을 향해 외쳤다. 그 말을 들은 병사들이 동요했다.

"반역자의 말은 한 귀로 흘려라! 병사들이여! 앞을 봐라! 조국을 짓밟는 제국군이 오고 있다!"

지휘관들이 병사들의 뺨을 치며 말했다. 가까스로 성문이 열리는 걸 막을 것 같았다.

"쏴라!"

왕자의 군대는 사정거리 안까지 들어왔다. 병사들이 정신없이 화살을 쏴댔다. 성 밖의 전투는 시작됐다.

"카밀런! 네 배신은 역사에 길이 남을 것이다! 오욕과 불명예의 상징이 되겠지!"

친위대원이 카밀런을 몰아붙였다. 카밀런의 실력으론 친위대원 하나를 상대하기도 벅찼다.

카밀런이 방패를 치켜들며 칼을 쳐 내려고 했다. 친위대원의 칼날이 방패 옆으로 비스듬하게 파고들어 목을 찔렀다.

"큿."

카밀런이 방패를 버리며 목을 부여잡았다. 사슬갑옷이 목까지 올라오지 않았다면 방금 일격에 죽었을 것이다. 중상인 건 변함이 없었다. 핏물이 철철 흘러나왔다.

"어딜 도망가는 거냐! 카밀런!"

카밀런이 비틀거리며 성문 도르래까지 달렸다. 핏물이 그의 발자국을 따라 뚝뚝 떨어졌다.

"비켜라!"

카밀런이 도르래를 돌리는 병사들을 밀치며 칼을 높게 들었다. 그는 도르래의 사슬을 자를 셈이었다.

캉!

도르래의 사슬은 쉽게 잘리지 않는다. 오히려 칼날의 이가 나갔다.

"후읍!"

카밀런은 목의 상처를 막지 않고 양손으로 칼을 잡았다. 그가 다시 한번 힘껏 도르래의 사슬을 내려쳤다.

카앙!

카밀런의 얼굴에 핏대가 섰다. 목의 출혈이 더 심해졌다.

'이대로 끝인가.'

카밀런이 암담한 눈동자로 사슬을 바라봤다. 사슬은 좀처럼 끊어지지 않았다. 그렇게 쉽게 잘릴 것 같았으면 이미 병사들이 잘랐을 것이다.

도르래는 절반도 풀리지 않았다. 사슬 걸이가 있어서 사람이 돌리지 않으면 사슬이 풀리지 않았다. 내려가다 만 성문은 어정쩡했다.

"카악!"

친위대를 가로막던 병사들이 하나둘씩 쓰러졌다.

"우아아아아!"

카밀런이 고함을 지르며 사슬을 몇 번이고 내려쳤다. 칼날이 너덜너덜해졌다.

"하아, 하아."

마지막 기력을 모두 써버린 카밀런이 지친 얼굴로 친위대를 바라봤다. 친위대 뒤에는 궁수들이 줄을 지어 서 있었다.

"……루어, 오늘은 저를 도와주시지 않았군요. 부디 불쌍한 백성들을 가련히 여기소서."

카밀런이 팔을 늘어뜨리며 태양신을 원망했다.

퓻.

화살이 카밀런의 머리에 꽂혔다. 카밀런이 휘청거리다 바닥에 쓰러졌다.

"다시 도르래를 감아!"

친위대원이 칼을 집어넣으며 병사들을 향해 외쳤다. 카밀런의 반역은 진압했다. 다시 수성에 힘써야 할 때였다.

끼릭, 끼릭.

병사들이 땀을 뻘뻘 흘리며 도르래를 다시 감았다.

"어?"

올라오는 성문을 보던 병사가 눈을 깜빡였다. 성문 끄트머리에 무언가가 보였다.

'사람의 손?'

사람의 손이 성문 끝에 매달려 있었다.

"후읍, 후읍."

성문에 매달린 사내는 유릭이었다. 그는 숨이 차서 얼굴이 새빨갛게 달아올라 있었다.

유릭은 성문이 다시 올라가는 걸 보고 있는 힘껏 뛰어서 매달렸다. 그를 따라 뛰었다가 해자에 빠진 병사들이 수두룩했다. 성문에 매달리는 데 성공한 사람은 유릭뿐이었다.

'처참하군.'

유릭이 성문을 엉거주춤하게 넘으며 내통자들의 시체를 훑겨봤다. 그들이 어떤 꼴을 당했는지 빤히 보였다. 성문을 열기 위해 안간힘을 썼을 터다.

"너희들은 자신들이 실패했다고 생각하며 죽었겠지……."

유릭이 중얼거렸다. 그가 성문이 닫히기 전에 안으로 들어왔다. 병사들이 고함을 지르며 유릭을 향해 창을 휘둘렀다.

"하지만 실패하지 않았어. 내가 왔기 때문이지!"

부웅!

유릭이 도끼 두 자루를 힘차게 휘둘렀다. 유릭에게 덤빈 병사 두 명의 목이 잘렸다. 잘린 목이 좌우로 날아가며 벽에 부딪혔다. 목각 인형의 목을 쳐 내듯 호쾌한 동작이었다.

유릭이 피가 떨어지는 도끼를 교차하며 적들을 응시했다. 숨을 천천히 들이마시며 전장의 흐름을 읽었다.

"넘어온 놈은 한 명이다! 쏴!"

친위대원이 유릭을 돌아보며 외쳤다. 유릭이 눈앞에 궁수들을 바라봤다. 나란히 선 궁수들이 활시위를 당겼다.

'이놈이다. 갑옷이 좋아 보이는군!'

유릭이 가장 무장이 튼튼한 시체를 집어 들었다. 죽은 카밀런이었다. 덩치도 적당히 크고 사슬갑옷을 입고 있어서 인간 방패로 충분했다.

푹!

화살들이 카밀런의 몸뚱이에 이리저리 꽂혔다. 유릭이 카밀런의 몸뚱이를 앞세우며 게걸음으로 움직였다. 그가 도끼를 높게 들었다.

'도르래 사슬을 자른다.'

카밀런은 실패했었다.

카아아앙!

유릭이 도르래 사슬을 내려쳤다. 사슬이 크게 울렸다. 소리가 남달랐다. 유릭의 괴력은 대단했으며 그가 가진 무기는 제국강철로 만든 도끼다. 다른 철제 무기와는 질이 다르다.

불안해진 친위대원들이 무기를 뽑아 유릭에게 달려왔다.

"하핫, 늦었어. 새끼들아아!"

유릭이 웃었다. 그가 다시 한번 도르래 사슬을 내려쳤다. 불티가 튀면서 사슬이 쪼개졌다.

촤르르르르!

끊어진 사슬이 힘없이 풀렸다. 닫혀기던 문짝이 엄청난 속도로 내려갔다.

쿠웅!

내려온 성문이 해자를 건너는 다리가 되었다. 유릭이 카밀런의 시체 뒤에 숨으며 눈을 빛냈다.

조용한 침묵이 퍼졌다. 곧바로 묵직한 침묵을 뒤덮는 함성이 이어졌다. 성문이 열린 걸 보고 왕자의 병사들이 성문으로 모여들었다.

"기억해라! 이 자식들아! 성문을 연 사람은 바로 나! 유릭이다아아아아-!!"

유릭이 목이 찢어져라 외쳤다. 그의 용병들은 한참 전부터 성문이 내려오길 기다리고 있었다. 용병들은 당연히 성문이 내려올 거라 믿었다. 다름 아닌 유릭이 넘어갔기 때문이다.

"유우우우리이익의 형제드으으을-!!"

용병들이 고함을 지르며 가장 먼저 다리를 건넜다. 그들이 방패를 머리 위로 들어 올리며 쏟아지는 화살들을 막아냈다.

콰앙!

바위가 떨어지고 끓는 기름이 머리 위로 떨어졌다. 언어맞은 용병들이 비명을 지르며 해자로 뛰어들었다. 바위와 기름조차 피한 용병들, 말하자면 신의 축복과 행운을 받은 자들만이 성안으로 들어왔다.

"가자고, 형제들!"

유릭이 뒤에 따라붙은 용병들을 확인하곤 씨익 웃었다. 생사의 갈림길을 앞둔 사람이라고 믿기지 않을 만큼 쾌활한 미소였다. 그 웃음은 용병들에게 신뢰를 심어줬다.

'우리 앞에는 언제나 유릭이 서 있다.'

용병들의 심장이 쿵쿵 뛰었다. 두려움이 아니라 흥분이었다. 들뜬 고양감이 공포마저 지워 버렸다.

"크흐흐흐. 오늘은 우리의 날일세, 친구들."

스벤이 양손도끼를 잡으며 앞으로 나섰다. 그는 끓는 기름 때문에 뺨에 화상을 입었지만 전혀 신경 쓰지 않았다.

"오오오오오오-!!"

유릭이 궁수 무리를 향해 카밀런의 시체를 던졌다. 사슬갑옷을 입은 카밀런은 충분한 중량 무기였다. 카밀런의 시체에 부딪힌 궁수들이 엉덩방아를 찧었다.

"도오올오오오올격-!!"

유릭이 말꼬리를 길게 끌며 외쳤다. 그는 가장 앞에서 달렸다. 팔을 크게 펼치며 공격할 테면 하라는 듯이 우렁차게 포효했다. 뛰어난 전사장의 함성은 부대의 사기마저 높인다.

'제길, 벌써 전공을 뺏겼다.'

다른 귀족과 기사들도 아차 싶었다. 대담하게 행동하지 못한 자신을 책망했다.

유릭은 벌써부터 눈에 띄게 전공을 세웠다. 닫혀가는 성문을 잡고 올라가서 홀로 성문을 열었다. 선봉으로 가장 먼저 들어간 것도 그의 용병단이었다.

'하르마티라도 유릭보다 먼저 잡아야 돼.'

이미 전투에서는 승리한 거나 마찬가지다. 이제부터는 공을 다투는 싸움이었다. 그들은 유릭을 질투하고 시기했다. 야만인 용병이 자신들보다 큰 공을 세우는 걸 보고 있지만은 않을 것이다.

Chapter 3

하르마티 공작은 내성벽 위에서 유린당하는 외성을 바라봤다. 그가 이맛살을 찌푸리며 손을 부르르 떨었다. 머릿속이 하얗게 타오르는 듯했다. 당장이라도 주저앉고 싶었다.

"후우."

하르마티 공작이 절망을 토해내듯 숨을 쉬었다. 그가 비틀거리자 부관이 부축했다. 하르마티 공작이 받은 충격은 보통이 아니었다. 자신의 모든 게 무너지고 있었다.

"훗날을 도모해야 합니다, 주군."

부관이 말했다. 하르마티 공작이 피식 웃었다.

'내가 어디서 훗날을 도모한단 말인가.'

굳이 입 밖으로 꺼내지 않았다. 아직 전투는 끝나지 않았다.

'도망갈 곳은 없다.'

왕자처럼 외세의 힘을 끌어오지도 못한다. 적통 후계자가 나라를 휘어잡았는데 누가 반역자에게 힘을 빌려주겠는가?

"내성문을 단단히 지켜라. 아직 전투는 끝나지 않았다."

하르마티 공작이 등을 꼿꼿하게 세우며 말했다. 그의 말에 부관이 고개를 끄덕였다. 기사와 병사들은 전열을 정비하며 싸울 준비를 했다.

"공작도 끝났군."

"우리를 항복할 준비나 하자고."

하위 귀족들이 숙덕거렸다. 그들은 이미 전의를 잃었다.

"하르마티이이!"

세베르 공작이 숨을 씩씩거리며 달려왔다.

"세베르 공작, 오셨습니까."

하르마티 공작이 팔짱을 끼며 세베르 공작을 맞이했다.

"당장 투항하시오! 그래야 목숨이라도 건질 테니."

하르마티와 세베르는 이번 내전의 주동자들이다. 그중에서 왕위를 주장한 하르마티 공작은 어차피 죽음을 면치 못한다. 하지만 세베르 공작은 어떻게든 협상을 잘하면 목숨이라도 건질지 모른다.

"그거야 당신만 목숨을 건진다는 이야기겠죠."

하르마티 공작이 코웃음을 치며 세베르 공작을 바라봤다.

"여기서 네 목을 베어 왕자에게 가져가…… 끄윽."

하르마티 공작이 잽싸게 단도를 뽑아 세베르 공작의 배를 찔렀다. 세베르 공작은 피를 토하며 부들부들 떨었다.

"너, 너를 믿었으면 안 됐어, 하르마티……."

세베르 공작이 하르마티 공작의 어깨를 붙잡으며 말했다.

"그거 유감이군요. 나는 댁을 믿은 적이 없는데 말입니다."

하르마티 공작은 세베르 공작의 옷자락으로 단도에 묻은 피를 닦았다. 그는 세베르 공작을 발로 걷어차곤 친위대원에게 눈짓했다.

질질.

세베르 공작의 시신이 내성벽 밑으로 떨어졌다.

"아직 전투는 끝나지 않았다. 내 목이 잘리기 전까지는 끝난 게 아니지. 적들을 맞이해라."

외성에 있던 병력이 내성으로 들어왔다. 남은 건 고작해야 500여 명의 병력이다. 그마저도 부상자가 태반이었다.

"흠."

하르마티 공작이 외성을 보며 생각에 잠겼다.

"역시 방법이 없군."

하르마티 공작이 홀로 중얼거렸다. 아무리 생각해도 승산은 없었다. 이제 중요한 건 승리가 아니었다.

'어떻게 죽느냐가 중요하지.'

하르마티 공작은 왕족으로 태어났다. 국왕의 형제이며 왕실의 고등교육을 받았다. 왕족에 대한 지원으로 이름뿐인 조그마한 공작위를 받았으나 그는 이 공작위를 일평생 일궈 대영주로 성장했다.

"나쁘지 않은 인생이었다."

하르마티 공작이 이마를 붙잡으며 웃었다. 남자로 태어나 꿈을 꿨다. 이루진 못했으나 후회는 없었다.

"잘 있어라, 다미아."

하르마티 공작이 지평선을 바라보며 말했다.

외성에서는 투항하는 병사들이 수두룩했다. 사기가 낮았으며 외성도 뚫린 마당에 저항하는 병사는 드물었다.

"투항하는 자는 베지 마라! 우린 똑같은 포르카나의 병사들이다!"

지휘관들이 외쳤다. 그들은 흥분한 병사들을 제지했다.

"약탈은 금한다! 우린 반역을 바로잡으려고 온 것이다!"

전쟁에서는 온갖 비인간적인 일이 일어난다. 그걸 제지하는 것이 지휘관의 역할 중 하나다.

"이봐, 들었지? 집에 들어가지 마, 강간도 하지 말고."

타인의 피를 뒤집어쓴 유릭이 용병들에게 말했다. 아녀자가 있는 집에 들어가려던 용병이 입맛을 다셨다.

"여자 한둘 정돈 괜찮잖아. 어차피 모를걸? 약탈 금지라고 했지, 강간 금지라곤 안 했잖아."

용병이 따지듯 말했다. 전투로 흥분한 터라 성욕도 왕성했다. 아무 집이나 들어가면 벌벌 떠는 여자들이 있다. 골라잡으면 그만이다.

"대장이 하지 말라고 하면 안 하는 거야, 이 새끼야."

도노반이 따지던 용병의 어깨를 밀치며 말했다. 용병이 머리를 긁적이며 고개를 끄덕였다.

'원래 이런 건 바크만의 역할인데.'

용병들을 달래고 어르는 건 바크만이 했었다.

'바크만.'

유릭은 얼굴에 묻은 피를 닦아내며 하늘을 올려다봤다. 사람들은 죽어 나가는데 태양은 평화롭게 빛나고 있었다.

내성벽은 외성벽보다 낮았다. 사다리를 든 병사들이 방패의 보호를 받으며 전진했다.

"가장 먼저 성벽에 올라가는 자에게 금화 백 닢을 주겠다!"

지휘관들이 외쳤다. 성벽에 가장 먼저 오르는 건 위험한 일이다. 목숨을 부지하기 힘들다. 그만한 동기가 없으면 병사들은 성벽을 오르지 않는다.

"오오오오!"

병사들이 일제히 사다리를 타고 올랐다. 먼저 올라가서 보상을 받기 위해 손발을 움직였다.

"쏴!"

궁수들이 일제히 내성 안으로 화살을 쐈다. 내성 안에서 대기하던 병사들의 비명이 들렸다.

'이게 공성전인가.'

유릭은 처음으로 공성전을 겪었다. 다양한 전술이 뒤엉켰다. 성벽의 가치는 어마어마했다. 성벽을 넘기 위해서 공격 측이 감내하는 피해는 엄청났다. 비교적 취약한 내성벽을 넘는데도 병사들이 죽어 나갔다. 내성벽 아래에는 시체가 쌓여갔다.

'지금까지 공성전을 벌이지 않던 이유가 있었군.'

유릭이 가죽 주머니에 담긴 물을 마셨다. 그가 물을 삼키며 성벽을 쳐다봤다.

"공성추다!"

내성문을 끝장낼 병기가 도착했다. 바퀴가 달린 공성추였다. 나무기둥을 망치처럼 사용해 성문을 부수는 병기다.

쉭!

불화살이 공성추를 노렸다.

"불이 붙지 않아, 제길!"

공성추의 윗부분은 가죽을 덧댄 나무지붕이다. 그 위에는 물을 충분히 뿌려서 불이 붙지 않도록 만들었다. 질긴 가죽을 여러 장 덧댄 지붕이라 바위 공격도 버텨냈다.

"기름을 가져와! 기름!"

성벽 위의 지휘관이 외쳤다. 이미 성문에 도착한 공성추가 힘차게 움직였다.

"하나, 둘! 오우!"

쾅!

병사들이 공성추를 움직여 성문을 가격했다. 성문이 크게 흔들렸다.

"부어라!"

하르마티의 수성도 만만치 않았다. 보급이 없는 와중에도 기름을 많이 쟁여뒀는지, 다시 한번 끓는 기름을 가져와 부었다.

"끄아아아악!"

공성추의 지붕도 끓는 기름 앞에서는 소용없었다. 끓는 기름이 쏟아지자 그 안에 있던 병사들이 비명을 지르며 뛰쳐나왔다.

"불화살!"

지휘관이 명령하자 공성추에 불화살이 여러 발 쏟아졌다. 기름과 공성추가 같이 타올랐다.

"장난 아닌걸. 사람이 통째로 익었잖아."

유릭이 끓는 기름을 뒤집어쓴 병사의 시체를 바라보며 말했다. 피부가 새빨갛게 익어서 끔찍했다.

'오싹하군.'

병사들이 끝없이 사다리를 올랐다. 처음에는 용맹한 병사들이었으나 이제는 지휘관들의 강요로 오르는 병사들이었다. 사다리에 오르기 싫어서 도망치는 병사는 지휘관의 손에 죽었다. 이렇게라도 하지 않으면 사다리를 오르는 병사는 없기 때문이다.

"제국기사다!"

병사들 사이를 헤치고 제국기사들이 나타났다. 판금갑옷을 입은 그들의 모습은 위풍당당했다.

"호오."

유릭을 턱을 괴며 제국기사들을 바라봤다. 삼십여 명의 제국기사가 뭐라 이야기를 나누며 고개를 끄덕였다.

"바위나 기름이 다 써가는 걸 보고 제국기사들이 움직이는 거지. 기름을 쓰는 빈도가 확연히 줄었네."

스벤이 유릭 옆에서 말했다. 그는 근처에 앉아서 숨을 고르고 있었다.

"스벤 영감, 벌써 숨이 찬 거야?"

유릭의 말에 스벤은 대답하지 않았다. 그는 옅게 웃으며 수염을 쓰다듬었다.

스벤의 말대로 성벽 위에 병사들은 당황했다. 제국기사가 오고 있는데 기름과 바위가 다 떨어졌다. 화살 따위로는 판금갑옷을 막지 못한다.

"제기랄! 뭐라도 가져와!"

제국기사들이 사다리를 올랐다. 몇 명은 돌에 맞아 떨어졌지만 수어 명만 성벽에 올라도 충분했다.

"히이이이익!"

강철 기사가 성벽에 도착했다. 성벽 위의 병사들이 무기를 휘둘러 보지만 판금갑옷의 곡면 때문에 무기가 미끄러졌다.

콰직.

성벽에 올라선 제국기사들이 일방적으로 적들을 베어 나갔다. 성벽 위의 공간이 생기자 나머지 병사들도 우르르 따라 올라왔다.

펄럭!

포르카나 왕가의 깃발이 성벽 위에서 펄럭였다.

"끝났군."

내성마저 무너졌다. 성벽 아래로 내려간 병사들이 내성문을 열었다.

"하르마티를 붙잡아라!"

귀족들이 공을 다투며 외쳤다. 내성은 귀족의 거주지다. 귀족들이 병사를 이끌고 안쪽으로 우르르 들어갔다.

"으아아아아!"

병사를 끌고 갔던 귀족 하나가 비명을 지르며 헐레벌떡 나왔다.

"안, 안에 기사들이 있소!"

하르마티의 친위대가 성안에서 버티고 있었다. 좁은 통로에서 물려오는 적들을 닥치는 대로 베어 나갔다. 잘 훈련된 친위대는 이런 상황에서도 사기가 전혀 떨어지지 않았다. 그들은 주군과 같이 죽을 각오가 된 자들이었다.

끼릭.

하르마티 공작은 자신의 집무실로 들어갔다. 그의 뺨에는 피가 묻어 있었다. 오는 길에 자신을 잡으려던 귀족 몇 명을 베었다. 내성이 뚫리자마자 배신한 귀족들이었다.

"후우."

하르마티 공작이 의자에 앉았다. 그가 칼을 책상에 올려두며 눈을 감았다.

"설마 바르카의 손에 당할 줄이야. 세상사 한 치 앞도 알기 힘들군."

하르마티 공작이 어깨를 들썩이며 웃었다. 남은 시간은 많지 않았다. 친위대가 벌어주는 시간도 잠깐이었다.

'마음의 준비를 해야 돼.'

추하고 비굴하게 목숨을 구걸하기 싫었다. 죽음을 피할 수 없다면 의연하게 맞아야 한다.

'몇 번이고 생각했다.'

평원에서 패배해 여기까지 왔을 때부터 준비했던 일이다.

'나의 최후를 어떻게 보낼 것인가?'

그저 권력에 눈이 먼 소인배로 남기 싫었다. 적어도 뜻이 있어서 반란을 일으킨 귀족으로 남고 싶었다.

"인간의 삶은 짧지만 역사는 영원불멸하다."

하르마티 공작이 자신의 칼을 바라봤다.

'자살은 안 돼.'

다른 귀족과 사람들이 보는 앞에서 최후를 맞이해야 한다. 자신의 포부를 밝히고 멋지게 죽어야 한다.

"후우, 후우."

하르마티 공작은 심호흡했다. 그는 생김새부터가 멋들어진 사람이다. 사람을 홀리는 매력이 있었다. 그의 친위대가 목숨을 바쳐 충성하는 것도 하르마티의 매력 때문이었다.

죽음을 받아들이는 건 쉽지 않았다. 남은 시간 동안 마음을 정리해야 된다.

'추한 모습을 보이면 안 된다. 나는 하르마티 공작이다.'

바깥에서 들리는 소란이 잦아들었다.

쿵, 쿵.

몰려오는 발걸음만큼이나 심장이 뛰었다.

끼이익.

집무실의 문이 열렸다. 기사 몇 명이 먼저 들어오더니 안쪽을 확인했다.

"반역죄로 체포하겠소, 하르마티 공작."

피를 뒤집어쓴 기사가 말했다.

“올 게 왔군.”

하르마티가 일어서며 말했다. 그가 팔을 내밀었다. 목소리와 태도가 의연했다.

‘과연 하르마티. 보통 인물이 아니군.’

기사가 하르마티의 손을 묶으며 생각했다. 죽음이 확실한 상황에서도 하르마티 공작의 목소리에 떨림이 없었다.

저벅, 저벅.

포박된 하르마티가 복도를 가로질렀다. 시체가 된 친위대들이 보였다. 얼마나 치열하게 싸웠는지 복도는 피투성이였다.

저벅.

하르마티는 계속 걸었다. 전투가 끝난 병사들이 노곤하게 앉아서 하르마티를 쳐다봤다.

“우우! 반역자!”

“뒈져라! 하르마티!”

병사들의 야유가 쏟아졌다. 하르마티가 야유 속에서 고개를 들었다.

하르마티가 외성까지 나왔다. 넓은 광장에는 귀족들이 모여 있었다. 그들 중에서는 방금 전까지 하르마티 편이었다가 투항한 귀족들도 있었다.

모두가 서 있는 와중에 단 한 사람만이 의자에 앉아 있었다.

왕국의 주인이 된 파헬이었다.

"숙부."

파헬이 조용히 눈을 뜨며 하르마티 공작을 쳐다봤다.

하르마티 공작은 무릎을 꿇고 있었다. 그는 눈동자만 치켜뜨며 파헬을 바라봤다.

"내 목을 가져가라, 조카야. 내 피를 마시고 왕위를 취하거라."

하르마티 공작이 눈을 감으며 머리를 들어 올렸다. 그는 언제라도 죽을 각오가 된 듯이 처분을 기다렸다.

"오오."

"의연하군."

"죽음을 받아들이는 태도……. 역시 왕족은 왕족인가."

귀족들이 중얼거리며 감탄했다. 두려움 없이 죽음을 받아들이는 모습은 많은 귀족의 귀감이 될 터였다.

"어째서 반란을 일으키신 겁니까?"

파헬이 다리를 꼬며 말했다. 그의 눈동자가 파랗게 빛나는 듯했다. 영롱한 푸른색은 바다를 닮았다.

"모든 건 대의를 위해서였다. 나는 강한 포를카나를 만들고 싶었을 뿐. 나아가 제국의 속박에서 벗어나 진짜 포를카나 왕국을……. 이젠 허망한 꿈이구나."

하르마티 공작의 입에서 말이 술술 나왔다. 많은 귀족이 이

자리에 있었다. 귀족들의 입을 타고 하르마티의 죽음은 하나의 일화가 될 것이다. 어쩌면 불후의 군주로 남을지도 모른다.

'사람은 잘생기고 봐야 돼. 생긴 게 멋지니 저딴 말을 해도 그림이 되는군.'

유릭도 멀찍이서 팔짱을 끼고 하르마티 공작을 바라봤다.

하르마티 공작은 무척이나 잘생긴 사내였다. 수염과 머리카락은 흐트러진 와중에서도 멋이 살아 있었다. 그의 말에는 호소력이 있었다. 적인데도 하르마티의 말에 귀족들이 감정이입을 했다. 제국으로부터의 독립은 모든 왕국의 오랜 염원이었다.

'좋지 않군.'

유릭을 턱을 매만졌다. 귀족들의 숙덕거림이 들렸다. 귀족들 사이에서 불안감이 싹텄다.

'제국의 힘을 빌려 왕이 된 자. 그것도 기반도 부실한 어린 왕.'

'경험도 없는 어린 왕을 믿어도 될까?'

'제국에게 쥐어 짜이는 게 아닐까?'

하르마티 공작이 뿌린 것은 불화의 씨앗이었다.

'저놈이 계속 떠들게 놔두면 안 돼, 파헬.'

만약 유릭이 파헬이었다면 하르마티 공작의 목을 바로 베었을 터다. 유릭은 타고난 폭력을 가지고 있었고 그 장기를 살려 무리를 지배했다. 유릭의 방식은 전사의 방식이다.

'하지만 파헬은 나와 달라. 녀석은 전사가 아니니까.'

유릭이 파헬의 결정을 기다렸다.

파헬은 차분하게 손가락 깍지를 꼈다. 아직 어리지만 파헬도 장성한다면 멋진 외모를 지닌 왕이 될 터다. 그 품격이 어린 나이에도 묻어 나왔다. 파헬 역시 행동 하나하나가 그림이 되는 청년이었다.

"……오늘은 피를 너무 많이 흘렸습니다."

파헬이 입을 열었다. 그 말에 귀족들이 눈을 크게 떴다.

'있을 수 없는 일이다.'

하르마티 공작조차 눈을 동그랗게 뜨며 파헬을 쳐다봤다.

'나는 죽을 준비가 되었다. 죽을 준비가 되었다고! 바르카!'

하르마티 공작이 눈으로만 외쳤다. 그는 당장이라도 파헬의 입을 막고 싶었다. 파헬의 입가에서 희미한 미소가 흘렀다.

"여기서 더 이상 피를 흘리기 싫군요. 하물며 피붙이라면 더욱더."

하르마티 공작이 표정이 미묘하게 일그러졌다.

'살 수 있다.'

생을 포기하고 있었다. 살 거란 생각은 추호도 하지 않았다. 죽음은 더 이상 방법이 없을 때 의연하게 받아들이는 법이다. 살아날 방법이 있다면 마음이 그쪽으로 기운다.

'살길이 보인다.'

어둠 속에서 빛이 보였다. 태양빛처럼 따스한 빛이다. 빛이 생문을 비추고 있다.

"죽……."

말문이 막혔다. 그토록 속으로 되뇌었던 말이다.

'나를 죽여라.'

목숨을 구걸해선 안 된다. 머리로는 그렇게 생각하고 있다.

'여기서 죽어야 하르마티 공작이라는 존재가 완성된다.'

손가락이 벌벌 떨렸다. 생문을 놔두고 스스로 사문으로 기어가야 한다. 삶이라는 본능을 거부하는 행위다. 인간은 누구나 살고자 한다. 태어날 때부터 각인된 강력한 본능.

"……나를 농락하는 거냐! 내 목을 베라!"

하르마티 공작이 외쳤다. 그가 눈을 부릅뜨고 이를 악물었다.

'나는 대의를 품고 여기서 죽어야 한다.'

주변 귀족들이 하르마티의 기개에 감탄했다.

"이거 좀 웃기는 상황인걸."

유릭만이 입을 가리며 웃었다. 사람의 생명은 장난감처럼 수없이 다뤄본 유릭은 지금 이 자리의 실체가 보였다.

'누가 봐도 살고 싶다고 온몸으로 외치고 있잖아. 큭큭.'

사람의 입은 거짓을 말하지만 몸뚱이는 진실을 말한다. 죽음의 두려움은 전신의 작은 움직임에서부터 묻어 나온다.

"저는 방금 말했습니다, 숙부. 오늘 피를 더 이상 흘리기 싫다고."

파헬이 단호하게 말했다. 하지만 그도 땀을 흘리고 있었다.

하르마티 공작의 눈동자는 패배했을 때만큼이나 더 떨렸다.

"평생 지하감옥에나 가둘 셈이겠지요, 조카님."

하르마티 공작이 떨리는 목소리로 말했다. 살고 싶다는 욕망이 새어 나왔다.

"아뇨, 저는 숙부님을 왕족으로 대우할 겁니다. 공작위를 박탈하고 유배지로 보내겠습니다. 섬이 좋겠지요. 무탈하게 살 수 있도록 충분히 지원하겠습니다. 평생 섬에서 나오지만 않으시면 됩니다. 섬에서 한 발자국이라도 나오는 순간, 반역자로 체포할 겁니다."

달콤한 제안이었다. 사막을 헤매다가 마시는 물 한 모금이 이러할까? 하르마티 공작은 대답을 망설였다.

'바로 대답해야 돼. 허튼소리 말고 나를 죽이라고 말해야 된다고. 고민하고 있으면 안 돼.'

이미 늦었다. 귀족들이 웅성거렸다. 목숨을 아까워하는 모습을 보이고 말았다.

"끄으으으."

하르마티 공작이 상체를 숙이며 신음했다. 이를 악물었다. 그는 결국 죽지 못했다.

"제 손등에 입을 맞추며 '살려주셔서 감사합니다', 이 한마디만 하면 됩니다, 숙부. 그러면 남들 부럽지 않게 남은 인생을 보낼 수 있을 겁니다."

파헬이 손등을 앞으로 내밀었다.

하르마티 공작의 가면이 깨졌다. 그는 울먹일 듯한 얼굴로 주변을 둘러봤다.

'나를 경멸하고 있어.'

한때 많은 귀족의 지지를 얻었던 하르마티 공작. 그런 그가 지금은 자신의 적에게 목숨을 구걸하고 있다. 어느새 귀족들이 하르마티 공작을 보고 비웃었다. 웃음소리가 환청처럼 맴돌았다.

엉금, 엉금.

하르마티 공작이 무릎으로 기어갔다. 눈물이 찔끔찔끔 나왔다. 죄악감 때문에 쥐구멍에라도 숨고 싶었다.

'나를 위해 죽은 사람이 몇이던가?'

하지만 살고 싶었다. 그래도 살고 싶었다. 인간이라면 살고 싶어 하는 게 당연하다. 아무리 구차하고 지저분하더라도…….

'나는 살고 싶어.'

하르마티 공작이 아이처럼 울먹였다. 그가 파헬의 손등을 잡고 입을 맞췄다.

"살려주셔서 감사합니다. 조, 카님."

파헬이 손을 옆으로 뻗었다. 그는 물로 손을 씻었다. 더할 나위 없는 모욕이었다.

"공작의 직할령은 왕의 직할령으로 몰수하나 하르마티 영지 만큼은 백작위로 새로 봉한다."

파헬이 서기관을 부르며 말했다. 서기관이 열심히 뭐라 적고 있었다. 파헬이 뜸을 들이며 잠시 생각했다. 그가 유릭을 바라보며 입을 열었다.

"이제부터 이 땅을 유스칼이라 부르겠다. 용병대장 유릭과 형제를 뜻하는 라스칼을 합친 말이며 유스칼 영지는 유릭의 형제들 용병단의 사유재산이니라. 이 계약은 유릭의 형제들이 왕국을 위해 싸우는 한 용병단에 세습된다."

파헬이 말을 쏟아냈다. 받아 적던 서기관마저 눈을 동그랗게 떴다. 귀족들이 경악하며 파헬을 쳐다봤다.

"이 봉신 계약을 받아들이겠는가? 유릭의 형제들."

왕이나 마찬가지인 파헬이 말을 하고 있다. 지금 끼어든다면 불경스러운 짓이다. 대관식이 치르지 않아도 파헬에겐 그런 권한이 있었다. 국왕이 혼수상태인 지금은 파헬이 전권 대리자이다.

'말도 안 돼! 용병단에게 영지를 준다니!'

귀족들이 인상을 찌푸렸다. 하지만 지금 나서기에는 상황이 좋지 않았다. 유릭의 형제들이 세운 공은 부정할 수 없었다.

그들의 활약은 일등 공신이다. 여기서 반대할 명분이 살지 않았다. 차라리 유릭 한 명에게 작위를 준다면 야만인이라는 이유로 반대할 만도 했다.

'이건 전투 집단을 봉토로 고용하는 형태지.'

파격적이지만 전례가 없던 일은 아니다. 땅을 주고 국가를 위해 싸울 전투 집단을 고용하는 건 과거에도 여러 번 있었다. 시간이 지나고 그 집단이 정착하면서 복잡해진 권한을 한 명에게 맡기면 귀족이 된다.

"맙소사."

"우리가 뭘 들은 거지?"

"용병단에게 영지를 수여한다고 했어. 방금, 저 도련님이……."

용병들이 입을 쩌억 벌렸다. 그들의 기분은 뛸 듯이 좋았다. 용병단이 영지의 주인이 된다. 이 땅에서 나오는 모든 것이 용병단의 재화다. 떠돌아다닐 필요도 없고 정착 생활도 가능하다.

마지막까지 살아남은 용병은 20여 명이다. 그들은 용병단의 중추가 될 거고 어지간한 말단 귀족 수준의 생활을 누릴 터다. 그들이 받게 될 하르마티 영지, 곧 유스칼이라 불릴 영지는 공작령의 중심이 될 정도로 부유한 땅이다. 그곳에서 떵떵거리면서 살 수 있는 지역 유지가 된다.

'바크만이 이 말을 들었으면 정말로 기뻐했겠지. 내 뺨에 입이라도 맞췄을지도 몰라.'

유릭이 쓰게 웃었다. 그는 기뻐하는 내색이 없었다.

'이건 구속이지.'

유릭이 원하는 건 작위나 땅, 금화 따위가 아니다. 재산은 먹고 자고 여자를 안을 정도면 충분하다.

'이게 네 방식이구나, 파헬. 많이 늘었어.'

이건 거절하기 힘들다. 저렇게 용병들이 좋아하는데 어떻게 거절할 수 있을까? 유릭은 용병일을 시작했을 때 맹세했다.

'나는 이들을 형제로 생각하겠다고.'

유릭은 형제들을 배신하지 못한다. 그건 그가 가장 혐오하는 짓이었다.

저벅, 저벅.

유릭이 앞으로 나섰다. 귀족들이 좌우로 갈라지며 길을 비켰다.

"뭐 해? 이 자식들아! 나만 받는 게 아니라고! 얼른 튀어나와! 피 좀 닦고!"

유릭이 뒤를 보며 외쳤다. 용병들은 헐레벌떡 앞으로 나왔다. 그들이 기사처럼 한쪽 무릎을 꿇었다.

"……왕국의 수호자로 고결하고 충성스러울지어다."

파헬이 간결하게 말을 끝냈다. 그가 칼을 뽑아서 유릭의 어깨를 가볍게 두드렸다.

"언제부터 이럴 생각이었지?"

유릭은 무릎을 꿇은 상태로 물었다. 파헬이 한쪽 눈을 찡긋했다.

"오래되진 않았어."

"내가 거절 못 할 거라는 걸 잘도 알았군."

파헬이 어깨를 으쓱했다. 사전에 어떠한 언질도 없었다. 만약 유릭이 거절했다면 파헬의 체면은 말이 아니었을 것이다.

"당연하지, 넌 유릭이니까."

파헬이 칼을 거두며 뒤로 돌아섰다. 그가 다시 의자에 앉았다.

"숙부를 모셔라. 좋은 술과 음식을 대접하도록. 그리고 군량을 풀어 백성들에게 나눠라. 투항한 자는 정성껏 치료하고 그 누구도 이번 내전을 핑계로 원한을 쌓지 말지어다."

파헬은 자비를 베풀었다. 성직자들이 파헬의 자비를 칭송했다.

"왕자님의 자비는 왕국의 모범이 될 겁니다."

태양교의 가장 큰 덕목이 자애다. 파헬은 자애를 몸소 실천했다.

"바르카 아누 포를카나 만세!"

"왕국의 주인이시여!"

굶주린 백성들이 배급을 받으러 우르르 몰려왔다. 그들은 곡식을 한 움큼씩 가져가며 바르카의 이름을 외쳤다.

파헬은 백성들의 외침에 손을 들어 화답하며 내성으로 들어갔다. 약탈은 하지 않은지라 멀쩡한 방이 많았다.

쾅!

임시 거처로 들어간 파헬이 의자를 벽에 집어 던졌다.

"후우, 후우."

파헬이 분노를 터트렸다.

"운이 좋았어, 숙부."

몇 번이고 목을 베라 외치고 싶었다. 살의를 꾹꾹 누르며 태연한 척했다. 가면을 써야 했다. 숙부가 그랬듯이.

"끄, 끅. 끄윽."

파헬이 얼굴을 감싸며 주저앉았다. 죽이고 싶은데 죽이지 못했다는 울분이 치밀어 올랐다. 피붙이를 한없이 증오하는 자신이 보였다. 감정이 끓어올라 모든 게 뒤섞였다. 뭐 때문에 눈물이 나오는지도 몰랐다.

승리의 기쁨인지, 원수를 죽이지 못한 울분인지, 변해버린 자신에 대한 회한인지, 죽어버린 사람들에 대한 애도인지.

Chapter 4

승리의 밤이 깊었다. 아직도 잠들지 않은 사내들이 노래를 하며 소리를 질러댔다.

"제기랄, 우리가 성공했어! 해냈다고!"

용병들은 광장에서 축제를 벌였다. 그들이 비운 술통이 땅바닥을 굴러다녔다. 고주망태가 된 용병들이 어깨동무를 하며 노래를 불렀다.

"오우! 오우! 우리들은 신의성실의 용병들!"

"유우릭의 형제들!"

앞으로 이 땅의 이름은 유스칼이며 용병단의 사유재산이다. 이 땅에서 나는 수익으로 용병단은 더 크게 성장할 것이다.

상처를 입어 불구가 된 용병들도 함박웃음을 지었다. 영지에는 여러 관리직이 있기에 불구가 된 용병이라도 쓸데가 많았다.

이도 저도 아니면 지주가 되어 소작농을 관리만 해도 된다.

영지를 가진 용병단에서는 사후든 은퇴든 보상이 확실하다. 앞으로 더 강한 전사들이 몰려올 터다. 앞으로 유릭의 형제들이 포르카나 왕국에서 손에 꼽히는 무력 집단이 될 거라는 건 확실했다.

"해냈군. 정말로."

도노반조차 얼이 빠진 목소리로 술을 마셨다. 그들은 성공 가능성이 희박한 의뢰를 맡았다. 몇 번이나 포기할 뻔했었다. 반년에 걸친 도박이었다.

"우린 성공했어."

"바크만을 위해 건배."

"랄로와 폴을 위해서도."

용병들이 죽은 동료의 이름을 하나둘씩 부르며 잔을 올렸다. 용병단의 인원은 시작할 때에 비하면 절반밖에 되지 않았다. 용병들은 동료의 죽음을 기억했다. 술을 모닥불에 뿌리며 애도했다.

치이익.

유릭이 불꽃에 닿아 증발하는 술을 바라봤다. 태양신에게 돌아간 용병들에게 바치는 술이다.

또르르.

유릭도 모닥불 위에 술을 길게 부었다.

'싸우다 죽은 전사들이지만 부디 잘 받아달라고.'

유릭은 태양신 루를 안다. 자애의 신은 전사를 싫어한다. 루를 믿는 자들은 싸우는 이유에 거창한 사명을 갖다 붙인다. 약자를 위해서, 주군을 위해서, 국가를 위해서.

'태양교에서는 전사의 투쟁 자체가 죄악이기 때문이지.'

태양신은 전사의 삶을 부정한다. 싸우기 위해 싸우는 전사들, 끝없는 투쟁 끝에 진정한 영광이 있다고 믿는 전사들. 그들은 태양신에게 어울리지 않는 무리들이다.

"검귀 페르젠을 위해."

유릭이 낮게 중얼거리며 벌꿀술을 꺼내 부었다. 독주인지라 모닥불이 한 번 세게 타올랐다.

페르젠도 처음에는 분명 독실한 태양교의 신자였으리라, 유릭은 그렇게 생각했다. 하지만 전사의 삶을 살아온 페르젠에게 태양의 교리는 너무나 가혹했다. 유릭도 그걸 느꼈다. 자애의 가치는 전사에게 어울리지 않았다.

'아무리 포장해도 칼은 사람을 죽이는 도구. 전사는 상대의 목숨과 공포를 먹고 성장해.'

전사는 자애의 가치를 지키지 못한다.

'페르젠은 태양신을 믿지 못하고, 북부의 신을 믿었지. 순수한 전사였던 자신은 태양신에게 버림받아 이승을 떠도는 악귀가 되리라 생각했을 거야.'

유릭은 어둠을 바라봤다. 용병이 모인 모닥불 주변은 환했지만 주변의 골목길은 어두웠다.

'나도 죽는다면 악귀들 곁으로 가는 건가.'

유릭이 어둠을 응시했다. 어둠이 흔들리면서 사람의 형상이 보이는 듯했다.

"루를 버린 뒤로 잡것들이 다시 보이는군."

검귀 페르젠을 죽였던 날, 유릭은 호수에 태양 펜던트를 버렸다. 그 뒤로 밤이면 악귀가 보이는 듯했다. 신이 없는 유릭은 그 누구의 가호도 받지 못했다.

'내겐 신이 없어.'

아무리 강한 전사라도 죽음은 피하지 못한다.

죽음 뒤에 올 것은 무엇일까?

유릭조차 불안감을 감추지 못했다. 모든 게 끝나자 잡념이 많아지면서 불안감이 몰려왔다.

기이잉.

유릭은 술을 많이 마셨다.

'히히히히.'

악귀들의 웃음소리가 들린다. 신에게 구원받지 못한 악귀들이다.

시야가 일렁거린다. 춤을 추는 용병들이 보였다. 다 큰 사내들이 어린아이처럼 맑게 웃었다.

"대장은 저기 높으신 분들의 연회에 가야 하는 거 아니야? 일등 공신이잖아."

용병 하나가 말했다.

유릭이 창문이 환한 내성을 바라봤다. 귀족들의 연회가 한창이다. 유릭도 거기서 술을 마실 자격이 있었다. 그는 야만인 용병이지만 왕의 하나뿐인 친구다. 귀족들조차 그의 심기를 상하게 하는 말을 하지 않았다.

"뭐, 나중에 가면 돼. 그나저나 스벤은?"

유릭이 눈동자를 굴리며 말했다. 스벤이 아까부터 보이지 않았다.

"피곤하다면서 자러 갔어. 전투 때는 그렇게 날뛰더니, 늙은 건 어쩔 수 없나 봐."

"그래, 늙었군. 나이를 속이진 못하지."

전사들은 늙어가는 걸 두려워했다. 검귀 페르젠조차 늙음을 한탄했다.

"우린 해냈어. 좀 기뻐하라고."

도노반이 유릭의 잔을 채우며 말했다. 쌀쌀맞은 도노반조차 오늘은 주변 사람에게 다정했다.

도노반을 비롯해 용병들은 꿈을 이뤘다. 그들은 인생의 목적을 달성한 거나 마찬가지다.

'나는?'

유릭은 자신에게 되물었다.

여기서 멈출 것인가?

'하늘산맥 꼭대기에서 나는 왜 내려왔지?'

잊지 못할 눈보라 소리가 귓가에서 들렸다. 그날 유릭은 고향을 등지고 미지의 세계로 내려왔다. 피가 얼어붙는 추위 속에서 심장만이 고동쳤다.

"역시, 이건 아니지."

유릭이 웃으며 일어섰다. 술을 물처럼 퍼마셨는데도 발걸음은 흔들림 없이 가벼웠다.

파헬은 상석에 앉아서 연회를 바라봤다. 귀족들이 한 번씩 파헬과 면담하며 아부를 떨었다. 그들은 자신들이 얼마나 충성하는지 혓바닥이 아플 정도로 말했다.

'이것도 앞으로 내가 해야 할 일이지.'

파헬이 한 귀로 귀족들의 말을 흘리며 생각했다. 누가 뭐래도 귀족들은 이 나라의 중추다. 귀족과 사이가 나쁜 채로 왕국을 다스리지 못한다.

'이들의 내게 힘을 빌려주지 않았다면 내전에서도 이기기 힘들었겠지. 다들 속내가 있어서 내게 붙은 거지만 도움이 된 건

사실이야.'

파헬이 연회장 입구를 바라봤다. 기다려도 유릭이 오지 않았다.

'역시 오지 않으려나.'

유릭과 어울리는 자리는 아니다. 더군다나 귀족들은 유릭을 경계했다.

'하지만 내가 확실히 믿을 수 있는 사람은 몇 없어.'

지금은 목숨을 바칠 듯이 알랑거리는 귀족들조차 상황이 바뀌면 언제든 파헬의 목을 치러 달려들 것이다.

'이 귀족들 중에서 내가 믿을 만한 사람과 아닌 사람을 구분해야 돼.'

모든 귀족이 간신은 아니다. 아직까지 그걸 구분하기에는 파헬의 정치적 경험이 부족했다. 자신의 사람을 알아보는 능력은 왕에게 중요하다.

'숙부에 비해 내가 부족한 점이지.'

하르마티는 사람을 잘 썼다. 타고난 매력을 쓸 줄 아는 사내였다. 그의 친위대는 서슴없이 목숨을 버렸고, 많은 귀족이 하르마티를 따랐었다.

'나도 그런 걸 배워야 돼.'

파헬은 피곤했지만 귀족들을 하나하나 상대했다.

"유스칼의 주인, 유릭의 형제들. 그 수령이 입장합니다."

시종이 말했다. 연회가 끝나갈 즈음에 유릭이 들어왔다.

"유릭?"

파헬의 엉덩이가 들썩였다. 당장이라도 일어서서 유릭을 맞이하고 싶었으나, 체면 때문에 다시 앉았다.

으적.

유릭은 걸어오면서 식탁에 놓인 고기를 아무렇게나 한입 뜯어먹고 제자리에 섰다.

"오지 않을 줄 알았는데."

"권력에 욕심이 없는 자는 아닌가 보군."

"앞으로 귀족사회에 모습을 드러내겠다는 건가?"

"야만인 주제에? 그건 말도 안 되는 소리지."

귀족들이 자기네들끼리 귓속말을 했다. 유릭은 눈을 흘기며 귀족들을 바라봤다. 경계의 시선이 가득했다. 물론 유릭에게 호의적인 귀족들도 있었다. 유릭을 적대하기보다 아군으로 만들려는 자들이었다.

'왕의 총애를 받는 자와 친해져서 나쁠 게 없지.'

아직 대관식을 하지 않았지만 파헬은 왕이나 마찬가지다. 귀족들도 파헬을 왕으로 대우했다.

"진짜로 이 땅을 용병단에게 줘도 괜찮아? 듣기론 왕국에서도 손에 꼽힐 정도로 좋은 땅이라는데? 별로 쓸모없는 땅을 줘도 되는데 말이지."

유릭이 파헬의 옆에 앉으며 말했다.

'저런 배부른 소리를!'

그 말을 들은 귀족들이 뒷목을 잡을 뻔했다. 여긴 누구나 탐내는 영지다. 뒤로는 해안 절벽이고, 앞으로는 성벽이 높다. 거기다 농경지도 많아서 부유하기까지 했다. 하르마티 공작이 자신의 본거지로 삼을 만한 땅이다.

"원래 이번 내전으로 얻은 다른 영지도 주려고 했는데, 생각해 보니 그건 아까워서 말이지. 내 직할령으로 두기로 했어."

파헬이 별거 아니라는 듯이 말했다. 그는 하르마티 공작이 가진 모든 영지를 흡수했다. 하지만 곧 몇몇 영지는 신하들에게 배분해야 할 터다. 조만간 힘이 센 공신들이 왕의 직할령이 너무 많다고 투덜거릴 것이고 하르마티에게 영지를 뺏겼던 귀족들이 소유권을 주장하며 돌려달라 요청할 게 뻔했다.

"뭐야, 욕심쟁이였구만."

유릭이 키득키득 웃었다. 그의 입에서 술 냄새가 짙게 풍겼다. 여기 오기 전에도 진탕 마셨었다.

"용병들의 반응은 어때? 부족하다고 투덜거리진 않아?"

"투덜? 오히려 세상을 다 가진 듯 좋아하더라고. 네 이름을 외치면서 지금도 술을 퍼마시고 있을걸."

"그럼 다행이고. 그쪽엔 신세 진 게 좀 있으니까."

용병단이 아니었다면 파헬은 진작 죽었을 것이다. 물론 안 좋은 기억도 많지만, 용병들은 파헬을 위해 싸우고 죽었다.

파헬과 유릭은 연회장에서 잠시 벗어나 발코니로 나갔다.

"후우, 살겠네."

파헬이 찬바람을 맞으며 말했다. 귀족들의 눈을 피하자 굳은 표정이 풀렸다.

"나는 네 대관식만 끝나면 여길 뜰 거야."

유릭이 말했다. 파헬은 눈을 가늘게 떴다.

"뭐가 부족해? 내 보상이 마음에 들지 않아?"

"아니, 오히려 과해서 문제지."

"네 성격은 알아. 하지만 십 년만 기다려. 난 동대륙을 탐험할 함대를 꾸릴 거야."

"그럼 십 년 뒤에 다시 보자고."

유릭은 단호했다. 그의 눈동자는 먼 곳을 보고 있었다.

"……용병단도 버리고 가겠다는 건가?"

"일단 남부나 북부에 갔다 올까 싶어. 돈이야 이미 충분히 모았고."

"사람들은 널 보고 미쳤다고 말할 거야. 명예와 부를 좇아 평생을 허비하는 사람들투성이야. 넌 벌써 그 모든 걸 가졌다고! 그런데 그걸 버린다고?"

유릭이 고개를 저었다. 그가 자신의 목을 매만졌다.

"난 문명세계에 오면서 가장 중요한 걸 잃어버렸어."

파헬도 눈을 크게 떴다. 유릭의 목 주변이 허전했다. 언제부터인가 태양 펜던트가 없었다.

"배교……. 루께서 분노하실 거야. 그건 좋은 생각이 아니라고. 사제를 찾아가 용서를 빌어."

파헬이 고개를 흔들었다. 그의 목소리가 떨렸다.

"난 내 신을 찾으러 갈 거야. 내가 문명세계를 바라본 대가로 잃어버린 사후세계를 찾아야 돼. 루의 품은 내가 있을 곳이 아니었어."

파헬이 뭐라 말하려고 했다. 그때 기사 한 명이 발코니로 들어왔다.

"반역자 하르마티가 할 말이 있다고 합니다."

파헬이 기사의 말을 듣고 고개를 끄덕였다.

"유릭, 이건 나중에 이야기하자고. 다시 말하지만 그건 좋은 생각이 아니야."

유릭이 어깨를 으쓱하며 파헬을 따라나섰다. 그들은 하르마티가 감금된 방으로 향했다.

하르마티는 의자에 앉아 있었다. 어깨는 처져 있고 얼굴은 반나절 사이에 십 년은 늙은 듯했다. 주름진 눈가에는 어둑한 그림자가 드리웠다. 숨을 쉴 때마다 쇳소리가 나서 다 죽어가는 노인네 같기도 했다.

'전혀 다른 사람 같군.'

유릭도 감금된 하르마티를 보고 흠칫 놀랐다. 모든 걸 잃어버린 사내의 모습은 처량했다. 수많은 병졸을 호령하며 왕국을 집어삼키려 했던 사내로 보이지 않았다.

"호위는 괜찮아, 유릭이 있으니까. 나가 있게."

파헬이 손짓하며 기사를 내보냈다. 그는 의자 하나를 가져와서 자리에 앉았다.

"숙부, 저를 보자고 하셨다고 들었습니다."

파헬이 차분히 말했다. 그 뒤에는 유릭이 서 있었다.

"오오, 왕이시여."

하르마티가 중얼거렸다. 파헬조차 흠칫하며 상체를 뒤로 젖혔다.

'미쳐 버렸군.'

하르마티가 자신의 머리카락을 쥐어뜯었다. 머리카락이 힘없이 뚝뚝 끊어졌다.

'살아도 살아 있는 게 아니야.'

유릭이 이맛살을 찌푸렸다. 옆에서 보기엔 죽는 게 낫겠다 싶었다.

하르마티가 가진 거라곤 목숨밖에 없었다. 살아남기 위해 자신이 쌓아온 모든 걸 버렸다.

"그저 미쳐 떠드는 건가."

파헬이 씁쓸하게 혀를 찼다. 그가 자리에서 일어서려고 했다.

"형님께선……."

하르마티가 느릿하게 말했다. 파헬이 들었던 엉덩이를 내렸다.

"나를 견제했다."

하르마티가 혼잣말을 하듯 읊조렸다.

"아버지께서……?"

파헬의 말에 하르마티가 고개를 들었다.

"얼굴이 형님과 닮아가는구나, 바르카."

하르마티의 눈동자가 공허했다. 모든 분쟁은 국왕이 쓰러지면서 시작됐다. 약 2년 전의 일이다. 쓰러진 국왕은 다시는 의식을 되찾지 못했다. 혼수상태에 빠진 채로 침대에 누워 있었다.

왕국은 새로운 지배자가 필요했고, 그때 권력의 중심에 들어선 자가 하르마티였다. 하르마티 공작이 되기 전의 원래 이름은 사르하 아누 포를카나. 왕의 형제이며 대귀족 중 하나였기에 자격은 충분했다. 그가 섭정이 되어 왕국을 다스렸다.

"공작위를 받은 나는 세력을 넓혔고 형님께선 내가 장차 네게 위협적인 세력이 될 거라 생각하셨지. 바르카, 형님께서 멀쩡하셨다면 나는 숙청을 당했을 거다. 내 정보원들이 하루가 멀다 하고 위험하다는 서신을 보내왔었어. 내겐 다른 방법이 없었다."

"그게 무슨 말입니까? 마치……."

파헬이 말을 더듬었다.

"…아버지께서 쓰러지신 게 숙부의 짓인 것처럼 말씀하시는군요."

하르마티가 그늘진 눈동자를 들어서 파헬을 쳐다봤다. 어둠이 소용돌이치는 듯했다. 희망 한 줌 없이 절망만 남아 있었다. 본능에 따라 생존을 택한 인간의 말로였다. 그는 자신에게 중요한 것들을 모두 잃어버렸다. 생존을 위해 품위와 자존심조차 내던졌다.

"쉽진 않았다. 어느 날부터 내 정보원들은 죽거나 오히려 형님에게 매수당해 거짓 정보를 흘리더구나."

하르마티가 이야기보따리를 푸는 할아버지처럼 말했다. 그의 눈동자는 과거를 보고 있었다.

"바르카, 너는 몰랐겠지. 속세에서 자유로운 듯이 천진난만하던 네 눈에는…… 왕실에서 벌어지던 추악한 암투 따윈 보이지 않았을 거다."

파헬은 침묵했다. 할 말이 없었다. 그는 왕국에서 벌어지는 정치적 사건에 대해 무지했다. 그걸 알 정도였다면 도망치지도 않았을 것이다.

"하루하루가 일촉즉발이었다. 언제 내게 반역죄가 씌워질지 몰랐지."

"가진 것에 만족하지 못하고 세력을 확장한 숙부님 잘못입니다."

하르마티가 눈을 크게 떴다. 그가 파헬을 바라보며 한 글자씩 똑바로 내뱉었다.

"말해봐라, 바르카. 내가 어째서 주어진 것에 만족하며 살아야 하는 거지? 난 내 영토를 불렸을 뿐이다. 모든 사내가 그러하듯 더 많은 땅을 탐했을 뿐이야."

"그게 반역이라는 겁니다."

"누군가 먹다 남긴 걸 먹으며 만족하는 사람은 노예에 불과하단다. 바르카, 난 늘 형님이 먹다 남긴 걸로 만족해야 했지. 이제야 내 힘으로 무언가를 쟁취했을 뿐인데 그걸 반역이라 부르며 아니꼽게 보더군."

"어렵게 건진 목숨을 잃고 싶지 않다면 반역을 정당화하지 마시죠, 숙부."

파헬이 경고했다.

"그러던 찰나에 운이 좋게 형님께서 쓰러지셨지. 정말로 기가 막히게 딱 맞아떨어지지 않습니까? 조카님."

"아버지께서 쓰러지신 게 숙부님의 짓입니까……."

파헬의 손이 부들부들 떨렸다. 하르마티가 고개를 저었다.

"형님께선 왕성에 있는 내 수족들을 죄다 잘라 버리셨지. 날 철저하게 경계했기에 손쓸 도리가 없었어. 아주 의외였지. 나와 접촉을 시도한 사람은 다름 아닌……."

파헬의 눈이 커졌다. 그가 벌떡 일어났다.

"그만! 거기까지. 그거면 충분합니다, 숙부. 더 이상 말하면……."

하르마티가 낮게 웃었다. 거친 목소리가 사납게 흩어졌다.

"다미아, 그 영악한 계집. 제 손으로 제 아비의 술에 약을 타더구나. 아끼는 공주가 그럴 거라곤 상상도 못 했겠지. 흐, 흐흐흐."

파헬의 얼굴이 일그러졌다. 그가 하르마티의 목을 쥐어짜듯 붙잡았다.

"거짓말하지 마! 이제 와서 무슨 속셈인 거냐! 나와 누이의 사이를 갈라놓는 그 혓바닥을 당장……!"

"파헬!"

유릭이 외치자 파헬이 손에 힘을 놓았다.

"쿨럭, 쿨럭."

하르마티가 목을 감싼 채로 기침을 했다. 그가 파헬을 노려봤다.

"다미아는 네가 생각하는 그런 여자가 아니다. 남자로 태어났으면 왕이 되었을 계집이지. 나와 형님이 어떤 사이였는지 기억해라, 바르카. 왕족에게 피붙이는 끔찍한 저주다."

하르마티가 끝까지 말했다.

"숙부우우우-!!"

파헬이 하르마티에게 달려들었다.

푹.

살을 뚫는 소리가 났다. 감금 중인 하르마티에게 무기가 있을 리가 없다.

"쿨럭."

하르마티가 피를 토하며 상체를 구부렸다. 그의 가슴이 단도에 꿰뚫렸다. 파헬이 가지고 있던 호신용 단도였다.

"아, 아아."

파헬이 피로 물든 손을 바라보며 고개를 도리도리 흔들었다.

"제길."

유릭도 깜짝 놀랐다. 파헬이 하르마티를 찌를 거라곤 상상도 못 했다.

'늦었어.'

유릭이 하르마티의 상태를 살피며 고개를 저었다. 살아날 가망은 없어 보였다.

"쿨럭, ……굴욕으로 건진 목숨을 이렇게 쓰고 가는군."

하르마티가 중얼거렸다. 유릭이 쓴웃음을 지었다.

"힘들게 건진 목숨으로 잘 먹고 잘살지 그랬어?"

유릭이 하르마티의 최후를 보며 말했다.

"생각해 보니 괘씸… 해서."

하르마티가 고개를 떨궜다. 유릭이 하르마티를 눕히곤 파헬을 바라봤다.

"정신 차려, 파헬. 날 봐. 심호흡하라고. 하나, 둘. 하나, 둘."

유릭이 크게 숨을 쉬었다가 뱉으며 파헬과 호흡을 맞췄다. 파헬도 심호흡하며 서서히 안정을 되찾았다.

"내, 내가 숙부를 죽였어. 이렇게 죽이면 안 되는데, 화, 화가 났어."

겁에 질린 소년의 얼굴이었다. 유릭은 차분하게 파헬의 단도를 빼었다.

"걱정 마. 별거 아닌 일이야."

유릭에겐 아무것도 아닌 일이다. 사소한 다툼으로도 사람을 죽이는 유릭이다. 그는 살인에 무감각한 살인마다.

하지만 파헬은 살인마가 아니었다. 그는 아직까지 누군가의 죽음에 괴로워하고 슬퍼하는 감수성이 남아 있었다.

스르륵.

유릭이 자신의 칼을 꺼냈다. 그 칼로 하르마티의 가슴을 깊게 찔렀다. 단도에 찔린 상처가 벌어지면서 칼에 찔린 상처로 변했다.

"파헬, 하르마티가 널 죽이려고 했던 거야. 그리고 난 널 보호하려다가 하르마티를 찌른 거지."

유릭이 담담하게 말하며 하르마티의 옆에 단도를 내려놓았다. 누가 봐도 파헬을 죽이려다가 실패한 모습이었다.

구설수가 많겠지만 하르마티의 죽음에 토를 달 사람은 없을 것이다. 하르마티는 원래 죽었어야 하는 인물이었다. 흉한 꼴까지 보였기에 하르마티를 동정하는 사람은 없었다.

"끅. 끄으윽. 누님……. 어째서."

파헬이 고통스러워했다.

"…거짓말이야. 숙부가 마지막으로 거짓말을 지껄이고 간 거지. 살려뒀으면 그 거짓말 때문에 왕국이 혼란스러웠을 거야."

파헬이 혼잣말을 했다. 유릭이 파헬을 쳐다봤다.

'거짓말은 아닌 것 같은데.'

유릭도 다미아를 겪어봤다. 보통 여자와 달랐다.

'위험한 여자였어.'

자신에게 호감을 표시한 남자를 죽여서 탈출하자는 계략을 짜낸 것도 다미아였다. 보통 강심장이 아니다.

'사람을 죽이자는 말이 쉽게 나온다는 건, 그런 살인 계획을 실행해 본 경험이 있다는 이야기지.'

유릭은 진작 다미아를 경계했다. 아름다운 외모로 남자의 눈을 쉽게 흐트러뜨리는 여자였다. 유릭이 본 다미아의 본질은 자상한 여성과는 거리가 멀었다. 파헬이 늘 그리워하며 말하던 그런 여자가 아니었다.

"흐응."

유릭이 콧소리를 내며 파헬을 부축했다.

"이봐! 암살 시도가 있었다! 의사를 불러!"

유릭은 방을 나서며 크게 외쳤다. 기사들이 허겁지겁 들어왔다.

하르마티는 굴욕과 울분을 참지 못하고 바르카 왕자를 암살하려다 죽었다. 하르마티의 몸수색을 맡았던 기사는 임무를 게을리했다는 이유로 참수당했다. 이게 세간에 알려진 사건의 전말이며 기록으로 남을 이야기였다. 진실은 무의미했다.

Chapter 5

왕자의 승전 소식이 한발 먼저 왕성에 도착했다. 대신과 고관들의 얼굴에는 환희와 불안이 교차했다. 그들 중에서는 암묵적으로 하르마티의 편을 들던 자도 있었다. 왕자가 귀성한다면 그런 불온분자를 색출해 처벌할지도 모른다.

예로부터 왕이 바뀔 때마다 그 밑에 신하들이 수두룩 숙청당하기도 했다.

"필리온 경! 좋은 술이 있소만, 오늘 저녁 식사를 같이하지 않겠소?"

일개 기사 따윈 거들떠보지도 않던 자들이 필리온에게 말을 걸었다. 아주 사근사근한 말투였다.

"호의는 감사합니다만 왕자님이 오시기 전까지 해야 할 일이 많습니다. 기억해 두겠습니다."

필리온이 점잖게 거절했다.

"도울 수 있는 일이 있다면 뭐든 돕겠소! 말만 하시오."

이런 말을 하는 자가 한둘이 아니었다.

필리온은 왕자의 측근이다. 왕자 때문에 기사에겐 목숨과도 같은 손가락을 잃었으며 왕자가 부모처럼 믿고 따른다는 말이 있었다. 왕성의 신하와 귀족들은 새로운 왕의 환심을 사기 위해 필리온에게 접근했다.

"후우, 아직 할 일이 많거늘."

필리온이 길게 숨을 내쉬며 다가오는 귀족들을 바라봤다. 아무리 필리온이 일등 공신이지만 고위 귀족을 무시할 만한 신분은 아니었으며 남에게 인색하게 굴며 잘난 척하는 건 필리온의 성정에도 맞지 않았다.

'하루라도 빨리 왕자님께서 돌아오시면 좋으련만.'

아직 왕성은 뒤숭숭하다. 왕자가 군대와 함께 귀성해야 혼란이 바로잡힐 터였다.

'폐하는 얼마 남지 않으셨어.'

필리온도 혼수상태에 빠진 국왕의 얼굴을 얼마 전에 보았다. 생기가 없는 얼굴이었다. 날고 긴다는 의사들도 전부 포기한 상태였다. 당장 죽어도 이상할 게 없었다.

'폐하께서 승하하시기 전에 대관식을 끝내는 게 좋겠지.'

필리온은 수시로 주교와 면담해서 대관식 진행 과정을 확인했다.

'왕자님께서 오시기만 하면 바로 대관식을 할 수 있어.'

필리온은 귀족들과 이야기를 하면서도 딴생각을 했다. 그의 눈 밑은 어두웠다. 왕성에 도착하고도 거의 쉬질 못했다.

"몹시 피곤해 보이시는구려. 마침 좋은 게 있소. 내 직접 잡은 사슴의 녹용이오. 아주 큰 사슴이었지. 아마 루께서 내려주신 사냥감이었을 거요."

귀족 하나가 녹용 가루를 건네며 말했다. 그것 말고도 필리온은 여러 선물을 받았다.

'내가 이런 대접을 받을 줄이야.'

기분이 좋았다. 원래 그는 변변찮은 공적도 없이 사라졌을 기사였다. 하지만 지금은 역사에 이름을 남길 공신이 되었다.

필리온은 그토록 바라던 명예를 가졌고, 다른 이들의 존경을 받는 기사가 되었다. 몸은 피곤했지만 발걸음은 소년처럼 경쾌했다.

"필리온 경."

순찰하던 근위대조차 필리온에게 존경을 표하며 먼저 말을 걸며 인사했다. 충의는 기사의 가장 큰 덕목 중 하나다.

'나도 출세했군. 내심 이런 걸 바랐을지도 모르지.'

필리온이 그런 속물적인 생각을 하며 웃었다. 경박스러운 미소가 남들에게 들키지 않도록 조심했다.

'태양.'

필리온이 집무실로 향하며 하늘을 바라봤다.

'내 영혼이 구제받을 수 있을까?'

필리온에겐 큰 죄악이 있었다. 충의를 위해 루의 맹세를 어긴 죄다.

충의와 신앙, 둘 다 기사에게는 중요한 가치다.

어느 쪽에 무게를 더 둘 것인가?

누군가는 루의 말씀 때문에 주군을 배신했으며, 누군가는 주군을 위해 루를 배신했다.

필리온은 아직 루에게 죄를 용서받지 못했다. 마음 한구석이 항상 불안했다. 이대로 죽으면 이승을 떠도는 악귀가 될 터다.

'하지만 아직 죽음을 생각하긴 이르지. 뭐, 잘만 되면 면죄부를 받을 수도 있고.'

필리온이 고개를 저었다. 머나먼 일을 걱정하기보다 눈앞의 일을 생각하기로 했다. 급한 일들이 산더미처럼 쌓여 있었다.

"끄으으. 이제는 허리도 아프군."

필리온이 자신의 방에 들어가 의자에 앉으며 말했다. 그가 가볍게 몸을 풀었다.

'이게 좀 이상하긴 해.'

필리온은 왕성에 도착한 뒤로 여러 사람을 만났다.

"침묵하는 중립 세력은 있어도, 하르마티의 수하는 없는 것 같군."

특히 하르마티와 친밀했던 자들은 오래전에 여러 이유로 처형당하거나 왕성에서 쫓겨났다.

'폐하께서 왕위를 물려줄 준비를 하고 계셨던 거지. 왕자님께서 왕위에 앉아도 대들 사람이 없도록 왕성의 신하를 선별하기 시작했었어.'

소문과 달리 왕궁 근위대는 하르마티의 편이 아니었다. 중립을 자처하며 오로지 국왕의 안전에만 온 힘을 다했다.

"……하르마티가 왕자님을 죽이려 한다는 건 어디서 나온 소문인 거지?"

그걸 당연하게 여겼지만 마땅한 근거는 없었다. 왕성에 꽁꽁 숨어 있는 왕자를 죽이기는 힘들뿐더러 설사 죽이는 데 성공하더라도 하르마티의 정통성에 흠이 갈 뿐이었다.

'내게 왕자님 호위를 부탁하신 분은 다름 아닌 다미아 공주님이시지. 근위대를 비롯해 주변 기사들은 하르마티에게 매수되어 믿을 수 없다며… 내게 호위를 부탁했었어.'

필리온이 고개를 저었다.

"그럴 리가."

불길한 생각이 들었다. 불온한 생각이기도 했다.

'공주님께서 준비하셨다는 배가 오지 않았지.'

과연 우연의 일치일까?

믿지 못할 사람들이라 말했던 근위대도 하르마티에게 매수된 것처럼 보이지 않았다. 왕자에게 불충할 정도로 매수된 자들이라면 이번 전쟁에서 하르마티 진영으로 모습을 드러내야 정상이다.

머리가 복잡했다.

'신중해야 돼. 함부로 결정해선 안 된다. 왕자님이 오시면 더 자세한 이야기를…….'

필리온이 한숨을 쉬며 머리를 감쌌다. 한참을 고민하던 그는 선물로 받은 녹용 가루 한 봉지를 입안에 털어 넣었다.

"기운이 나는 것 같기도 하고, 아닌 것 같기도 하고. 쿨럭."

가루가 까끌까끌해서 목에 걸렸다. 필리온이 물을 찾다가 비어 있는 물병을 보며 인상을 찌푸렸다.

"물을, 쿨럭, 가져와라!"

필리온이 기침을 하며 말했다. 바깥에서 고개를 숙인 시녀 하나가 쪼르르 달려왔다.

시녀가 물잔을 건넸다. 필리온은 허겁지겁 물을 마시며 녹용 가루를 삼켰다.

"후우우."

녹용 가루를 삼킨 필리온이 숨을 골랐다. 녹용 때문인지 입안이 따끔따끔 아렸다.

필리온이 침대로 걸어갔다. 잠깐 눈만 붙이고 일어날 생각이었다. 눈을 감자 금방 졸음이 몰려왔다.

얼마나 잠을 잤을까? 필리온은 눈을 떴다. 잠을 잤는데도 피로가 가시지 않았는지 몸이 무거웠다.

'일어나야 해.'

할 일이 많다. 그는 마지막까지 소홀히 할 생각이 없었다.

파르르.

팔다리가 움직이지 않았다. 발가락과 손가락 끝만이 미미하게 떨릴 뿐이었다.

'가위에 눌린 건가.'

처음에는 그렇게 생각했다. 의식이 점차 또렷해졌다. 필리온이 눈만 깜빡이며 천장을 쳐다봤다. 호흡이 가빠오면서 숨이 찼다. 물에 빠져 익사하듯 숨쉬기가 힘들어지면서 끔찍한 고통이 찾아왔다. 그는 비명도 지르지 못하고 발버둥 치지도 못했다.

멀쩡한 정신으로 필리온은 죽어갔다. 침대에서 차분히, 메마른 침묵과 함께, 그의 생명이 꺼졌다.

쏴아아아.

겨울을 앞두고 비가 쏟아졌다.

"필리온이 죽었어."

군대는 이틀 전에 입성했다. 하지만 승전의 분위기는 무르익지 않았다. 파헬이 슬퍼하고 있었기에 그 누구도 연회를 벌이지 못했다. 파헬의 심기를 거스르지 않기 위해서 귀족들은 저녁 식사 모임조차 조심스레 했다.

"그래, 죽었지."

유릭이 파헬 옆에 서서 대답했다. 그는 타오르는 연기를 바라봤다. 사원의 화장터에서 올라온 연기가 비를 뚫고도 하늘까지 올라갔다.

"필리온의 영혼은 이승을 떠돌고 있을 거야. 루의 곁에 가지 못한 채로. 모든 게 나 때문이야."

파헬이 자책했다. 유릭은 무덤덤하게 파헬을 바라봤다.

'좋진 않군.'

근래 파헬은 단호한 판단력과 행동력을 보여줬다. 곁에서 보던 유릭조차 놀랄 정도로 훌륭했었다.

'이래서야 예전과 다를 바 없잖아.'

연속된 충격에 파헬은 의기소침했다. 저런 모습을 보면 따르던 신하들도 도망갈 터다.

"파헬, 다미아를 체포해."

유릭이 결론을 내렸다. 다미아는 명백한 적이었다. 더 이상 봐줄 이유가 없었다.

"그 입 다물어, 유릭."

파헬이 젖은 눈동자를 들어 올리며 사납게 말했다.

"네 누이는 적이다. 잡아서 심문해. 네가 하지 못하겠다면 내가 하지."

"누이는 적이 아니야. 숙부는 미쳐서 헛소리를 지껄인 거고, 필리온은 침대에서 돌연사한 거야. 외상의 흔적은 없었어."

파헬이 공허한 눈동자로 말했다. 유릭이 파헬의 뒤통수를 후려쳤다.

퍽.

파헬의 얼굴이 흙바닥에 처박혔다.

"무엄하……."

쿵!

유릭이 곧바로 파헬을 걷어찼다. 가볍게 걷어찼지만 파헬의 몸뚱이가 허공에 뜨더니 몇 바퀴 뒹굴며 땅에 떨어졌다.

"쿨럭, 쿨럭."

유릭은 고개를 삐딱하게 좌우로 흔들며 쓰러진 파헬 앞으로 걸어왔다.

"그게 아니라는 건 너도 알잖아, 등신아. 잘도 우연이겠다."

파헬이 무릎을 잡으며 힘겹게 일어섰다.

"지금 내가 여기서 기사들을 부르면 네 목이 달아날걸. 네 목을 노리는 귀족이 한둘이 아니거든."

"해보시든가. 내가 그런 걸 두려워할 것 같아?"

유릭이 어깨를 들썩이며 웃었다. 파헬은 유릭의 성격을 알고 있다. 겁먹긴커녕 자신을 인질로 삼아 여길 빠져나갈 사내다. 그도 진담으로 했던 소리는 아니었다. 단지 악에 받쳐 내뱉은 말이었다.

"……나는 누님을 믿고 있어. 날 배신할 사람이 아니야."

"누구는 처음부터 '나 배신할래요!'라고 써놓고 태어나냐? 거, 문명세계는 참 특이하군."

유릭이 비꼬면서 주변을 빙빙 돌았다. 그는 파헬을 위로할 생각이 추호도 없었다.

'피는 피로 씻어야 하는 법이지.'

유릭은 이미 준비가 끝났다. 파헬이 말만 하면 다미아의 침실까지 쳐들어가서 그녀의 머리채를 질질 끌고 올 생각이다.

"필리온의 방에 녹용 가루가 있었어. 아마 그걸 복용했겠지. 그게 수상해."

파헬의 말에 유릭이 인상을 찌푸렸다.

"무슨 소리야? 거기에는 독이나 이상한 게 없었잖아. 먹었던 사람도 멀쩡했다고. 오히려 보양식이라고 좋아하던걸?"

처음에는 다들 필리온이 먹은 녹용 가루에 독이 섞인 줄 알았다. 하지만 그건 독성이 없는 녹용 가루였다.

"아냐, 분명 무슨 함정이 있을 거야. 다미아 누님은 이번 일과 연관이 없어. 어째서 누님이 필리온을 죽이겠어? 생각해 봐. 쌍둥이 남동생이 왕이 된다고! 왕의 누이에게 그보다 더 좋은 일이 어디 있겠어?"

유릭이 팔짱을 끼며 한숨을 쉬었다.

"그거 진담으로 하는 소리냐? 내가 아까 네 머리를 너무 세게 찍었나. 아무래도 머리가 다친 것 같은데."

"시끄러. 난 녹용 가루에 대해 조사하겠어. 뭔가가 나올 건덕지가 더 있을 거야. 필리온의 억울한 죽음을 내가 밝히겠어."

파헬이 눈을 반짝이며 일어섰다. 그가 주먹을 불끈 쥐고 걸어갔다.

쏴아아아.

잠시 멈췄던 비가 더욱 세게 쏟아졌다. 유릭은 기사들을 불러 사라지는 파헬을 바라보며 고개를 저었다.

"아주 개판이로군."

유릭이 혀를 차며 주변을 둘러봤다. 왕성은 뒤숭숭했다. 필리온의 죽음 때문에 파헬이 쌓아 올린 지배력이 무너지고 있었다. 파헬은 평정심을 잃고 감정을 자주 드러냈다.

내전 내내 파헬은 항상 아슬아슬한 줄타기를 하고 있었다. 자신의 본모습을 숨기고 이상적인 왕을 연기했다. 연기가 조금이라도 어설프면 금방 여린 소년이 드러나고 만다. 문명세계의 신하들은 승냥이와 같았다. 주군이 조금만 약해지면 물어뜯어 죽이고 자신이 무리의 장이 되려 했다.

'그건 내가 있던 부족도 마찬가지지만.'

유릭이 어깨를 으쓱하며 정원에 들렀다. 적당한 나무를 골라서 베어낸 다음 그걸로 나무몽둥이를 만들었다.

부웅!

유릭이 나무몽둥이를 몇 번 휘둘러 보더니 흡족하게 웃었다. 그가 휘파람을 불며 왕궁으로 들어갔다.

칸나 백작은 떨고 있었다. 그는 배정받은 방에 감금당한 신세였다.

'왜 죽은 거야? 제기랄, 나는 그냥 선물을 준 것뿐인데.'

칸나 백작은 필리온에게 잘 보이고 싶었다. 앞으로 왕국의 실세가 될 필리온과 친해져서 여러모로 덕이나 볼 생각이었다.

'다들 내가 준 녹용 가루 때문에 죽었다고 생각하고 있어.'

그럴 만도 했다. 죽은 필리온의 책상 위에 떡하니 녹용 가루가 있었기 때문이다. 누가 봐도 녹용 가루를 먹고 죽은 걸로 보였다.

"지병이라도 있었나 보지, 시발."

칸나 백작이 방 안에서 발을 동동 구르며 말했다. 녹용 가루는 자신도 여러 번 먹었었다. 녹용 가루를 먹은 밤이면 침대에서 여자들이 비명을 지를 정도로 힘이 팍팍 솟았다.

"독은 무슨."

녹용 가루에 독이 있다고 판명됐다면 칸나 백작은 그 즉시 처형당했을 것이다.

'나는 아무 잘못도 없는데 왜 이래야 되는 거야?'

바깥에는 기사들이 방문을 지키고 있었다. 칸나 백작의 도주를 미리 차단한 셈이다.

왕자가 슬퍼하고 화를 내고 있다. 아직도 칸나 백작을 의심하고 있다는 소문이 돌았다. 칸나 백작은 혐의가 풀릴 때까지 왕궁에서 나가지 못한다.

"미치겠군."

칸나 백작이 무죄를 항변해도 한번 시작된 의심은 쉽게 걷히지 않았다.

"에라이, 모르겠다."

그는 침대에 벌러덩 누워서 천장을 바라봤다.

"음?"

누워 있던 칸나 백작이 상체를 들어 올렸다. 그는 바깥에서 소란이 일어난 걸 알았다. 고개를 빼꼼 내밀어서 상황을 살폈다.

"유, 유릭!"

칸나 백작이 뒤로 벌러덩 넘어졌다. 방문을 지키는 기사들과 유릭이 실랑이를 벌이고 있었다.

"거, 참. 잠깐만 들어간다니까. 그 칸나인가 뭔가 하는 놈한테 물어볼 게 있어."

유릭이 앞으로 발을 내디디며 말했다.

"유릭 공께서 오신다는 말은 듣지 못했습니다."

기사는 유릭에게 극존칭을 붙였다. 지금 유릭은 어떤 귀족보다 위세가 높은 인물이었다. 용병대장이지만 사실상 사유 영지를 가진 귀족이나 마찬가지다.

"그래서 내 앞을 막겠다고?"

유릭이 으름장을 놓았다. 기사들이 움찔했다.

'빌어먹을, 유릭이 왔어.'

문 뒤에서는 칸나 백작이 부들부들 떨었다. 유릭에 대한 소문은 그도 여러 번 들었다. 포를카나 왕국을 떠도는 음유시인들이 앞다퉈 유릭에 대한 이야기를 노래로 만들었다.

'사람의 가죽을 벗긴다든가, 맨손으로 인간의 척추를 접어 버린다든가……. 물론 뻥이겠지만 그런 소문이 돌 정도로 심성이 포악하다는 의미겠지.'

유릭은 왕자의 친우였다. 왕자를 대신해 필리온의 복수를 하려고 여기까지 온 걸지도 모른다.

"난 죄, 죄가 없는데 저 야만인이라면 재판도 없이 나, 날 죽일지도 몰라."

칸나 백작이 파르르 떨며 뒷걸음쳤다.

'제발, 열리지 마라. 날 지키라고, 기사들아.'

칸나 백작이 주머니에서 은으로 만든 태양 성물을 꺼내며 기도했다.

끼릭.

문이 열렸다. 기사들이 난색을 표하며 칸나 백작을 쳐다봤다. 마치 칸나 백작을 애도하는 듯했다.

"댁이 칸나 백작?"

유릭이 들어오자마자 말했다. 그가 나무몽둥이로 자신의 어깨를 툭툭 쳤다.

"그, 그렇소."

칸나 백작이 애써 등을 세웠다.

'난 죄인이 아니야. 당당해라. 루께서 날 알아주시겠지.'

유릭이 의자에 앉으며 칸나 백작에게 턱짓했다.

"앉아. 파, 아니, 바르카는 댁이 필리온을 죽였다고 생각하더군."

"루에게 맹세코 난 그런 짓을 하지 않았소."

칸나 백작이 바로 대답했다. 유릭의 말 한 마디, 한 마디가 무서웠다. 오줌을 지릴 것만 같았다.

"무죄인지 유죄인지는 중요하지 않아. 중요한 건 바르카가 그렇게 믿고 있다는 거지."

유릭이 나무몽둥이를 빙글빙글 돌렸다. 공기를 가르는 소리가 살벌했다.

"하지만 난 댁의 무죄를 믿어. 그러니까 같이 가서 왕자 앞에서 증명하자고."

퍽.

유릭의 손이 움직였다. 나무몽둥이로 칸나 백작의 옆구리를 때렸다.

"커억. 컥."

칸나 백작이 옆구리를 감싸며 침을 질질 흘렸다. 그가 고개를 들어서 유릭을 쳐다봤다.

"방금은 나, 나를 믿는다고 하지 않았소!"

"나는 댁을 믿어. 그러니까 댁도 나를 믿으라고. 내가 무죄를 증명해 줄게."

유릭이 누런 눈동자를 빛내며 몽둥이를 높게 들었다. 그가 칸나 백작을 구타했다.

퍽! 퍽! 퍽!

칸나 백작이 뭐라 항변하듯 비명을 질렀다. 유릭은 귀머거리처럼 들은 척도 하지 않았다. 무심히 몽둥이를 휘둘러 칸나 백작을 피투성이로 만들었다.

'이, 이대로는 죽어. 죽는다고.'

칸나 백작이 피를 뚝뚝 떨어트리면서 땅바닥을 기었다. 유릭이 칸나 백작의 다리를 붙잡았다.

"후우, 이 정도면 됐나?"

유릭이 이마의 땀을 닦으며 말했다. 칸나 백작의 몸뚱이가 적당히 다져진 듯했다.

"사, 살려주십쇼. 저, 저는 정말로 하지 않았습니다."

칸나 백작이 벌벌 떨며 말했다. 유릭이 웃으면서 칸나 백작의 다리를 잡고 질질 끌고 갔다.

"나한테는 그렇게 말 안 해도 돼. 알고 있다니까. 넌 무죄야, 무죄. 그걸 잊지 말라고."

덜컹.

유릭이 문을 열었다. 기사들이 기겁하며 유릭을 쳐다봤다. 사람 하나를 아예 피죽으로 만들어버렸다.

질질.

칸나 백작은 도살장에 끌려가는 돼지 같았다. 그의 핏자국이 길게 이어졌다.

유릭이 휘파람을 불며 왕궁을 가로질렀다. 마주친 시녀들이 비명을 질렀으며 귀족들은 자신의 입을 가리며 야만인이라 속삭였다.

파헬은 마시지도 못하는 술을 입에 댔다. 역겨운 맛이 났다. 이걸 맛있다고 먹는 자들이 이해 가지 않았다.

"누님."

다미아는 왕궁에 있다. 언제든 만날 수 있다.

'용기가 나지 않아.'

미쳐 버릴 것만 같았다.

파헬은 방에서 꿈쩍도 하지 않았다. 그의 수족이었던 필리온이 죽었다. 파헬이 모습을 드러내지 않으면 귀족들이 웅성웅성 떠들 것이다.

'나는 왕이 될 거야.'

파헬이 눈을 들었다. 창문 너머로 바다가 보였다.

"루어, 제게 절망을 이겨낼 힘을 주소서."

간절히 기도하며 몸을 일으켜 세웠다.

"내겐 사명이 있어."

눈동자 깊은 곳에서 빛이 새어 나왔다. 그가 인상을 찌푸렸다.

'기억해라, 나를 위해 죽어간 사람들을. 피로 젖은 길을 걸

어왔다. 거기에 필리온의 피가 더해진 것뿐이다.'

끼이익.

파헬이 방문을 열었다. 바깥에 있던 호위기사들이 무릎을 굽혔다.

"폐하에게 가겠다."

파헬이 망토를 두르며 말했다. 그는 다시 가면을 썼다.

'필리온은 내가 무너지는 걸 원하지 않을 거야.'

그간 파헬이 배운 것은 절망에서 일어서는 법. 절망에서 벗어나는 것은 낭떠러지에서의 외줄타기와 같다. 아무리 무섭고 위험하더라도 멈추면 끝나지 않는다.

"바르카 아누 포를카나 왕자입니다."

왕의 침실에 서 있던 궁내관이 말했다. 왕은 어차피 듣지 못한다.

파헬이 왕의 침실로 들어섰다. 병자의 냄새가 짙게 밴 방이었다. 2년이나 깨어나지 못한 아버지의 모습이 보였다.

"아버지, 제 손으로 숙부를 죽였습니다."

파헬이 부왕 옆에 앉으며 말했다. 그는 마른 장작처럼 생기 없는 손을 잡았다.

"……제게 더 많은 걸 가르쳐 주셨어야 했습니다."

부왕은 파헬에게 자상했다. 힘들게 얻은 귀한 아들인지라 혹독하게 대하지 않았다. 파헬이 수업에 빠지고 배움을 게을리하더라도 아직 시간이 있다며 느긋하게 지켜봤었다.

'하지만 시간이 많지 않았었습니다, 아버지.'

생각보다 이른 승계였다. 부왕은 쓰러지기 직전까지도 정정했었고 신하들조차 오랫동안 왕위에 있을 거라 생각했다. 준비되지 않은 승계는 처참한 내전을 불러왔다.

"아버지, 저는 어째야 합니까? 얼마나 더 많은 피를 흘려야 할까요? 더 이상은 감당하기 힘듭니다. 밤마다 가슴이 찢어지는 듯합니다. 제가 알고 지내던 사람들이 죽어가고 있어요."

파헬이 부왕의 손을 붙잡으며 울먹였다. 그의 굵은 눈물이 이불 위로 떨어졌다.

"필리온 경이 죽었습니다. 저를 위해 어떤 굴욕도 감내하며 자신의 영혼까지 밑바닥으로 떨어트린 기사입니다. 경은 저를 위해 영혼과 육체를 바쳤는데도, 저는 아무것도 해주지 못했습니다. 그 죄악감이 저를 죽이고 있습니다……."

파헬이 고해성사를 하듯 모든 걸 털어놨다.

"아버지는 제게 너무 잘해주셨습니다. 떼를 쓰고 철부지처럼 굴어도 시간이 해결해 줄 거라 믿으셨겠죠."

부왕은 자신의 건강을 믿고 있었다. 적어도 십 년은 더 통치할 거라 생각했을 터다.

"다미아 리누 포르카나 공주입니다."

궁내관이 말했다. 파헬이 고개를 들었다.

끼릭.

문을 열고 다미아가 들어왔다. 여전히 고운 얼굴이었다. 뺨에는 분홍빛이 맴돌았다.

“여기 있었구나, 바르카.”

두 쌍의 푸른 눈동자가 마주쳤다.

파헬은 어떤 표정을 지어야 할지 몰랐다. 고개를 잠시 숙이고 본능에 맡겼다.

“마음이 통했군요. 누님도 이렇게 아버지를 뵈러 올 줄이야.”

어처구니없게도 웃음이 나왔다. 웃음을 미소로 받은 다미아가 파헬 옆에 앉았다.

“이렇게 있는 것도 오랜만이네. 항상 둘이서 아버지를 자주 찾아왔는데 말이야.”

다미아가 파헬의 손 위에 자신의 손을 포갰다.

‘따뜻해.’

부드러운 온기가 파헬의 손에 스며들었다. 그리움으로 가슴이 울컥했다.

“필리온 경의 죽음에 상심한 걸 알아. 하지만 힘내거라. 필리온도 네가 왕이 되길 바랄 테니까.”

그 말 한마디에 모든 불안이 녹아내린다.

‘누님이 나를 배신했을 리가 없어.’

파헬이 정면으로 다미아를 바라봤다. 그들은 옛이야기를 나눴다. 남매란 어린 시절을 공유한 사이다. 그 기억으로 다져진 신뢰를 견고하기 그지없었다.

"옛날에 내가 했던 말을 기억하니? 쌍둥이는 둘이서 하나라는 것."

다미아가 파헬의 귓가에 속삭였다. 그녀의 달콤한 숨이 귀에 닿았다.

"그때는 이해하지 못했지만 지금은 압니다."

파헬이 고개를 끄덕였다. 쌍둥이는 영혼을 공유한 사이, 원래 하나로 태어났어야 할 존재가 갈라진 것. 사후에는 다시 하나가 될 존재다.

파헬은 깊은 유대감을 느꼈다. 아무리 사이가 좋더라도 다른 존재에게서 느끼지 못하는 친밀감이다. 피붙이 혈연만이 공유하는 친밀감.

쪽.

다미아가 파헬의 뺨에 입을 맞췄다. 파헬의 얼굴이 붉게 변했다.

"함께 저녁 식사를 하고 싶구나. 네가 왕이 되기 전에 말이야."

다미아가 일어서며 말했다.

"준비해 두겠습니다."

파헬은 몽롱한 눈동자로 대답했다.

Chapter 6

“녹용 가루에 무슨 짓을 한 거야? 엉?”

귀족들이 웅성웅성 모여 있었다. 왕궁 한복판에서 성대한 고문이 벌어지고 있었다.

“저, 저는 아무런 짓도 하지 않, 으가각!”

칸나 백작이 비명을 질렀다. 유릭이 그의 팔을 뒤로 꺾어서 당겼다. 근육이 찢어지는 듯했다.

“좀 참으라고, 네 무죄를 증명할 방법이다.”

유릭이 칸나 백작의 귓가에 속삭였다. 칸나 백작은 머릿속이 새하얘서 다른 생각을 할 겨를도 없었다.

‘무슨 개 같은 소리야, 시발.’

칸나 백작이 끙끙거리며 주변을 둘러봤다. 그의 비명을 듣고 모여든 왕궁의 귀족들이었다. 내전이 끝난 지 얼마 되지 않아서 유력 귀족들도 있었다.

"저거 누구야?"

"칸나 백작, 필리온 경의 암살 용의자잖아."

"그 녹용 가루? 아아."

귀족들이 대충 상황을 파악했다.

"필리온 경은 기사 중의 기사였지. 감히 녹용 가루로 암살을 해?"

유릭이 큰 소리로 말했다.

"아, 안 죽였다니까."

칸나 백작이 바둥바둥했다. 그는 온몸이 쑤셔서 죽을 지경이었다. 뼈마디가 멀쩡한 곳이 없었다. 다행히 부러진 뼈는 없었으나 흠씬 두들겨 맞아 근육이 흐물흐물 녹아내리는 듯했다.

"네가 아니면 누가 죽였다는 거야? 그 녹용 가루로 죽인 거지? 녹용 가루에 무슨 짓을 했어? 엉? 다 불어."

유릭이 칸나 백작의 허리를 발로 짓누르며 그의 양다리를 뒤로 젖혔다. 척추를 꺾어버릴 듯한 기세였다.

"으아아아악! 끄으으으!"

칸나 백작의 얼굴이 붉게 변했다. 그가 땅바닥을 쿵쿵 치며 고통을 호소했다.

"제에에발!"

칸나 백작은 용의자지만 유죄인 건 아니었다. 더군다나 그는 평민도 아닌 귀족이었다. 다른 귀족들 입장에서 보기 좋지만은 않았다. 특히 야만인 유릭에게 악감정을 가지고 있던 자들은 더욱더 이맛살을 찌푸렸다.

"그만두시오! 유릭! 이게 무슨 짓이란 말이오!"

건장한 귀족 사내가 군중 사이에서 걸어 나왔다.

"야르프 백작!"

주변 사람들이 사내의 이름을 외쳤다.

야르프 백작은 내전에서도 군대를 이끌고 앞장선 무인이다.

'잘 걸렸다. 언젠가 이런 사고를 칠 줄 알았지.'

야르프 백작이 주변을 둘러봤다. 내심 야르프 백작을 응원하는 귀족이 많았다. 야만인이 왕국의 귀족을 일방적으로 폭행하는 장면은 보기에 좋지 않았다.

"뭐야?"

유릭이 사납게 눈을 치켜떴다.

"아무리 예의를 모르는 용병이라지만 정도를 지켜야지. 이런 횡포는 내가 용납할 수 없소."

"용납할 수 없으면?"

유릭이 배를 잡으며 웃었다.

"왕자님의 총애만 믿고 안하무인 행동하는군!"

야르프 백작이 칼을 뽑으려고 했다. 그 순간 유릭이 가까이 다가오며 야르프 백작의 팔을 잡았다.

"뽑지 마. 뽑으면 죽어."

"이, 이노오옴!"

야르프 백작이 소리를 지르며 팔을 움직이려고 했다. 유릭에게 잡힌 팔이 꿈쩍도 하지 않았다.

'무슨 힘이 이렇게……'

야르프 백작이 용을 써도 칼을 뽑지 못했다.

"내가 믿는 건 왕자의 총애가 아니라, 나 자신이야."

유릭이 힘을 더 세게 줬다. 야르프 백작의 손목에서 무언가가 끊어지는 소리가 났다.

"크으으으."

야르프 백작이 신음하며 몸을 비틀었다. 유릭은 무심하게 야르프 백작을 내려다봤다.

'예전에 나 같았으면 죽였겠지만……'

유릭이 주변을 둘러봤다. 여기서 귀족의 목숨을 뺏는다면 파헬이 곤란해진다.

'나는 문명인이 된 건가?'

야만인 유릭이라면 야르프 백작을 죽였을 것이다. 자신에게 대항한 상대를 살려두지 않는다. 화근을 남기는 건 바보나 하는 짓이다. 유릭은 철저하게 상대를 짓밟아 가며 살아왔다.

문명세계는 너무나 복잡했다. 사람을 쉽게 죽여선 안 된다. 이리저리 얽힌 복잡한 관계와 도끼만으로는 해결하지 못하는 일들. 지금 유릭은 그 복잡한 세계를 이해하고 있었다.

"흐음."

유릭이 야르프 백작을 바라보며 고개를 갸웃했다.

스륵.

유릭이 다른 한 손으로 야르프 백작의 목을 쥐었다. 그의 악력이 야르프 백작의 목을 쥐어짰다.

"꺼, 꺼어어억."

야르프 백작이 당장이라도 죽을 것 같았다.

'조금만 힘을 주면 쉽게 죽일 수 있지. 별거 아닌 일이야.'

유릭은 두려웠다. 폭력을 휘두르는 감각을 잊으면 안 된다.

'내가 가진 건 살인 기술밖에 없어.'

그 살인 기술이 둔해지고 사람을 죽이는 데 잡념이 앞선다면?

유릭은 고개를 저었다. 생각만 해도 끔찍한 일이었다. 전사로서 나약해진다는 건 있을 수 없는 일이었다.

"나는 전사다. 전사는 사람을 죽이지."

야르프 백작의 눈이 커졌다. 유릭의 악력이 점점 강해졌다.

'주, 죽어, 죽는다.'

야르프 백작의 바지에서 누런 물이 뚝뚝 떨어졌다. 겁에 질린 얼굴로 눈물과 콧물을 쏟아냈다.

척.

갑자기 주변 귀족들이 무릎을 꿇었다. 그들이 웅성거리며 눈동자를 치켜떴다.

"유릭, 도대체 이게 무슨 짓이야?"

파헬이 갈라진 군중 사이에서 나왔다. 귀족들은 왕국의 주인을 맞이했다.

"여어, 이제 왔어?"

유릭이 그제야 야르프 백작을 내던졌다. 야르프 백작의 목에는 새빨간 손자국이 남아 있었다.

"다들 물러가라! 이건 구경거리가 아니니까!"

파헬이 뒤를 보며 소리쳤다. 귀족들이 서로 눈치를 살피다가 우르르 사라졌다.

"이, 이자가 저를 폭행했습니다."

야르프 백작이 숨을 콜록거리며 말했다. 파헬이 푸른 눈동자로 야르프 백작을 쳐다봤다.

"목숨을 건진 걸 다행이라 생각하십쇼, 야르프 백작."

야르프 백작의 눈이 커졌다.

"저 용병이 왕자님의 친구일지도 모르나 저는 왕자님의 신하입니다. 신하는 자신을 보호해 주는 사람에게 충성을 맹세합니다."

파헬이 천천히 뒤를 돌아봤다. 그의 눈동자가 시렸다. 야르프 백작은 자신의 말이 과했다는 걸 알고 움찔했다.

"지금 나를 협박하는 겁니까? 백작."

"…아닙니다, 단지 충언을 했을 뿐."

야르프 백작이 고개를 숙였다. 그가 마지막으로 유릭을 째려보곤 물러났다.

"유릭, 아무리 너라도 왕궁의 질서를 어지럽히는 행동을 언제까지고 감싸줄 순 없어. 여긴 규칙이 있는 곳이라고."

파헬은 다른 귀족들이 흩어진 걸 확인하며 말했다. 말로는 유릭을 타박하는 듯했지만 그의 눈동자는 피투성이가 된 칸나 백작을 쫓고 있었다.

'필리온 경에게 녹용 가루를 선물한 장본인.'

하지만 이상하게도 칸나 백작을 향한 증오심이 끓지 않았다. 아직 유죄로 확정 나지 않았기 때문일까?

속내야 어쨌든 파헬도 이번만큼은 유릭에게 강하게 나갔다. 왕궁 한가운데서 이러는 건 파헬의 체면 문제도 있었다. 그는 더 이상 철부지 왕자가 아니었고 항상 귀족들에게 위엄 있는 모습을 보여야 했다.

"뭐, 잔소리는 나중에 하고. 여기 필리온을 죽인 놈이야. 녹용 가루로 어떻게 죽였는지 모르겠지만 말이야."

유릭이 칸나 백작을 질질 끌고 왔다.

"……칸나 백작."

파헬이 미묘한 표정으로 칸나 백작을 내려다봤다.

"저, 저는 하지 않았습니다. 왕자님. 맹세코 결백합니다. 그 녹용 가루는 저도 자주 먹었던 겁니다. 독 따윈 없습니다. 정말로요."

칸나 백작이 피로 얼룩진 몸으로 엎드리며 말했다. 그는 작위와 목숨을 잃을까 두려워하고 있었다.

"아직도 거짓말을 하네? 그 가루가 문제가 아니라면 필리온이 왜 죽었겠어? 순순히 불라고. 고통 없이 죽을 수 있는 마지막 기회야."

칸나 백작은 도무지 유릭의 본심을 읽지 못했다.

'이 용병은 날 죽이고 싶어 하는 거야? 아니면 내 혐의를 벗게 해주겠다는 거야?'

유릭은 칸나 백작의 손을 잡아서 들어 올렸다.

"하하, 아직도 거짓말을 하네. 손톱 하나둘 정도 뽑아보면 바른 말을 하겠지."

유릭이 칸나 백작의 손톱을 위로 밀었다.

뿌득.

칸나 백작의 손톱이 뒤로 꺾이며 벗겨졌다.

"끄, 으아아아아!"

칸나 백작이 비명을 질렀다. 파헬은 이맛살을 찌푸렸다.

"그만둬, 유릭."

"왜? 필리온을 죽인 범인이 확실하잖아."

"증거가 없어."

"언제부터 내가 증거를 찾아냈어? 말만 해, 파헬. 당장 필리온의 복수를 하자고."

유릭이 싱글벙글 웃으며 파헬을 응시했다.

"유릭!"

파헬이 악을 쓰며 외쳤다. 유릭이 칸나 백작의 손톱을 하나 더 벗겼다. 비명이 한층 더 높아졌다.

"파헬, 사실 너도 얘가 범인이라고 믿지 않잖아. 이놈은 필리온을 죽이지 않았어. 우린 범인이 누군지 이미 알고 있지."

"닥쳐."

"녹용 가루가 수상해? 그거 때문에 필리온이 죽은 것 같아? 그렇게 생각한다면 여기서 이놈을 죽이자고. 이놈이 필리온을 죽인 게 맞는 것 같으니까."

유릭이 단도를 빼 들었다. 칸나 백작의 목덜미에 상처를 냈다. 칼날이 점차 깊게 들어가며 피가 새어 나왔다.

"그만두라고! 정당한 재판을 통해 엄벌을 내릴 거야! 칸나 백작은 재판을 받을 권리가 있어!"

유릭은 들은 척도 하지 않았다. 단도가 칸나 백작의 목덜미를 더 깊게 파고들었다.

'이놈을 죽여서라도 파헬이 정신을 차린다면야. 혹시라도 정말 범인일 수도 있고.'

유릭의 눈동자에서 웃음이 사라졌다. 그는 진짜로 칸나 백작을 죽일 생각이었다. 유릭은 허풍을 떨지 않는다. 죽인다면 죽이고, 살린다면 살린다. 문명인 중에서 그걸 누구보다 잘 아는 사람이 파헬이다.

"으, 으흐흐으으!"

칸나 백작의 눈이 뒤집어졌다. 그는 극한의 공포를 이기지 못하고 의식의 끈을 놓았다.

"난 누님을 사랑해, 유릭."

파헬이 애써 말했다.

"필리온도 너를 사랑했어. 자신의 생명보다도 더 말이야. 과연 네 누이는 그만큼 너를 사랑하고 있을까?"

유릭이 기절한 칸나 백작을 내려놓으며 말했다.

"그건 내가 직접 확인해 볼 거야. 그러니까 너는……."

파헬은 유릭의 옆을 스쳐 가며 뭐라 속삭였다. 유릭이 고개를 나직이 끄덕였다.

유릭은 떠나가는 파헬의 등을 바라봤다. 그는 한참이나 그 자리에 앉아 있다가 기절한 칸나 백작을 깨웠다.

"혐의를 벗었군. 축하해, 녹용 가루 백작."

칸나 백작이 어리둥절하며 고개를 들었다. 목덜미의 상처가 쓰라렸다.

"이 옷은 어떠냐?"

다미아가 자신의 수석 시녀에게 물었다. 그녀는 몇 번이고 옷을 입었다가 벗길 반복했다.

"잘 어울리십니다."

시녀가 할 말은 그것뿐이었다. 것도 아부가 아닌 진담이다.

'왕국 제일의 미녀에게 뭐가 안 어울릴까.'

어떤 옷을 입더라도 다미아의 외모는 돋보였다.

"좋아, 이걸로 하는 게 좋겠어."

옷매무새를 가다듬은 다미아가 보석함을 뒤적였다. 그녀는 빛이 바랠까 아껴뒀던 귀걸이와 목걸이를 꺼냈다.

'무서우신 분.'

오랫동안 다미아에게 충성해 온 시녀다. 그녀만이 다미아가 어떤 존재인지 안다.

"내 성공이 곧 너의 성공이니라."

다미아가 시녀의 뺨을 손톱으로 긁듯이 쓰다듬었다.

시녀는 다미아와 함께 성장했다. 그녀의 어머니가 바로 다미아의 유모였고 같은 젖을 먹고 자란 사이였다. 어떤 의미로 그녀는 다미아의 자매나 마찬가지였다.

'도대체 내가 무슨 짓을 한 걸까.'

시녀의 손이 파르르 떨렸다. 밤이면 악몽을 꾼다. 저지른 죄가 깊어 태양을 보기가 부끄러웠다.

"걱정 마라. 모든 건 잘돼가고 있으니."

다미아가 시녀를 안으며 말했다. 그 목소리는 따스했다. 날뛰던 불안이 가라앉았다.

'왕가의 혈통.'

포를카나 왕가는 타고난 매력이 있었다. 그들의 목소리와 외모는 누구에게나 쉽게 호감을 산다. 거짓인 걸 알더라도 막상 눈앞에 있으면 홀린 듯이 따를 수밖에 없다.

"오늘 나는 내 운명을 바꿀 것이다."

다미아가 웃었다.

'인생은 절망의 연속이란다, 바르카.'

다미아는 일찍이 절망을 맛봤다. 그녀는 다른 여자처럼 남자에게 순응하지 못했다. 항상 불만에 가득 차 반문했다.

어째서? 내가 그래야 하는 거지?

나는 왜 아무것도 하지 못하는 거지?

내 인생의 결말은 왜 벌써 정해진 거야?

아무리 공주라도 여자로 태어난 이상 결말은 뻔했다. 좋은 남자에게 시집을 가는 게 인생의 목적이자 행복이었다. 다른 결말은 존재하지 않았다.

다미아는 그게 불만이었다.

'내 운명은 내가 선택한다.'

다미아가 감았던 눈을 떴다. 푸른 눈동자가 강렬했다. 아버지에게 맞았던 뺨이 아린 느낌이었다.

"바르카는 왕이 될 아이란다."

부왕은 그렇게 말했다. 그때부터 다미아의 마음속에는 한 가지 의문이 생겼다.

다미아는 단 한 번도 그 의문을 입 밖에 꺼내지 않았다.

나와 바르카는 동등한 존재인데 어째서 저는 왕이 되지 못하나요?

남매는 쌍둥이로 태어났다. 어렸을 적에는 서로 동등한 존재라 생각했다.

'하지만 너는 왕이 될 수 있고, 나는 남자의 전리품이지.'

운명은 동등하지 않았다. 다미아는 아무것도 바꾸지 못했다. 그녀의 목소리는 무의미했고, 계집의 말을 귀담아듣는 사람이 없었다.

'숙부만이 내 손을 잡았지.'

궁지에 몰린 하르마티만이 다미아의 목소리에 귀를 기울였다. 어쩌면 비슷한 처지였기에 끌렸는지도 모른다.

신분도 뿌리도 다를 바 없는 피붙이에게서 느끼는 강렬한 열등감. 자신과 가장 가까운 존재이기에 그 감정은 격렬했다. 차라리 닿을 수 없는 존재라면 질투하지도 않으리라.

'숙부가 죽기 전에 내 이름을 꺼내지 않았나 보군.'

다미아는 몇 번이나 가슴을 쓸어내렸다. 자포자기한 하르마티가 모든 걸 실토한다면 다미아는 아무것도 하지 못했을 터다.

'개인적인 감정은 없었어, 필리온 경. 단지 그대가 내 생각보다 더 유능했다는 게 문제지.'

필리온이 이변을 감지하는 건 시간문제였다. 왕성에는 다미아가 남긴 흔적이 많았다. 그 꼬리를 물고 다미아의 발밑까지 올 만했다. 다미아 입장에서는 파헬이 오기 전에 필리온을 죽여야 했었다.

"아름다우십니다, 공주님."

수석 시녀가 다미아의 목걸이에서 손을 떼며 말했다. 그녀의 목소리가 떨렸다. 수석 시녀는 오늘 자신의 주인이 무슨 짓을 할 건지 알고 있었다.

"네 충정은 보답 받을 거다, 반드시."

다미아가 일어서며 말했다. 그녀가 중앙궁으로 향했다.

"다미아 공주."

"오늘따라 더 꾸미고 나왔군. 과연 소문이 과장이 아니야."

"절세의 미녀지."

다미아가 지나갈 때마다 사내들의 시선이 모였다. 왕국 귀족들의 가장 큰 관심사 중 하나가 다미아의 혼담이다. 혼기가 꽉 찬 다미아가 어떤 남자에게 갈 것인가? 아직 부인이 없는 귀족들은 그 행운아가 자신이 되길 바랐다.

'듣기론 오늘 그 유릭이라는 사내와 바르카가 다퉜다고 했어. 분명 마음이 심란하겠지.'

다미아는 유릭이 껄끄러웠다. 야만인 용병치고는 감이 좋은 사내였다. 무엇보다 자신의 미색에 홀리지 않았다. 어떤 사내라도 다미아 앞에 서면 판단력이 흐려진다. 하지만 유릭만큼은 달랐다.

저벅.

다미아는 문 앞에 섰다. 안쪽의 시녀가 문을 열었고 그녀가 얼음 위를 미끄러지듯 방 안으로 들어갔다.

"기다리고 있었습니다, 누님."

"바르카라고 부르는 것도 며칠 남지 않았구나. 곧 넌 왕이 될 테니까."

다미아가 자리에 앉으며 말했다. 음식이 차례대로 나왔다.

"제게 책을 읽어주셨던 게 기억이 납니다. 제가 아직 목각 병정을 한창 가지고 놀 때, 누님께선 글자를 떼고 책을 읽고 있었죠. 제가 뭐냐고 물어보면 책 속의 이야기를 한참이나 제가 말씀해 주셨죠."

"그게 네 장점이었단다, 바르카. 남의 이야기를 성실하게 잘 들어주는 것. 그 똘망똘망한 눈을 보고 있자면 없던 이야기마저 술술 나왔었지."

"지어낸 이야기도 있었던 겁니까?"

"절반쯤은."

다미아가 새침하게 입을 가리며 웃었다.

"저는 그것도 모르고, 나중에 그 이야기들이 어디서 나왔는지 궁금해 책을 이리저리 뒤졌었는데……. 저는 누님이 읽었던 책들을 대부분 읽었었습니다. 아마도 책을 읽는 누님을 동경했던 거겠죠."

"그런 모습도 귀여워서 그냥 놔뒀었지. 서고를 빙빙 도는 너를 자주 봤단다."

"제가 책을 좋아하게 된 것도 분명 누님 덕분일 겁니다."

"우린 쌍둥이니까 취미도 닮은 거겠지."

다미아가 기나긴 눈썹을 깜빡였다.

"'쌍둥이는 원래 하나의 영혼에서 나온 존재'. 누님께선 그 말을 입에 달고 다니셨죠."

파헬이 손가락에 묻은 고깃기름을 손수건으로 닦으며 말했다.

"기억하는구나. 나는 그 말이 너무나 좋아서 항상 인용하곤 했지. 그 말을 할 때마다 내 반신이 너란 걸 느꼈으니까."

파헬은 천천히 눈을 감았다. 웃음이 나왔다. 즐거운 시간이다.

"저는 누님의 말이라면 뭐든 믿고 따랐습니다. 어머니란 존재를 느껴보진 못했지만 누님은 제게 어머니이며 세상의 전부였습니다."

유년기의 끝이 왔다.

파헬은 눈을 떴다. 항상 누이를 따르던 소년은 없었다. 다른 신하를 대할 때처럼 가면을 썼다. 눈동자가 차갑게 얼어붙었고 입가는 가식적인 반원을 그렸다.

"제 목숨을 노린 건 잊어줄 수 있습니다."

"어디서 이상한 소리를 듣고 왔구나, 바르카."

"……아직 제 말이 끝나지 않았습니다. 멋대로 말을 자르지 마시죠, 다미아 누님."

다미아의 눈썹이 꿈틀거렸다.

"하지만 필리온만은 죽여선 안 됐습니다. 필리온만은요."

파헬이 아랫입술을 깨물었다. 가슴이 저려왔다. 이제 다른 이들에게 무언가를 베풀 수 있는 위치가 되었다. 그런데 필리온은 이미 이 세상 사람이 아니었다.

“넌 항상 귀가 얇았지. 그러니 유릭이라는 용병과도 친하게 지내는 걸 터. 왕이라면 옳은 말과 그른 말을 구분하며 누굴 믿어야 할지 잘 판단해서 걸러내야 한단다.”

“누님을 믿었기에 의심하지 않았습니다. 부모를 의심하는 아이가 없는 것처럼요. 제게 누님은 그런 존재였습니다. 절대적인 선이었죠. 조금만 생각해 보면 가장 위험한 존재가 누구였는지 빤히 보였는데도….”

“바르카, 나는…….”

“제 말을 자르지 말라고 말했습니다!”

파헬이 물잔을 벽에 내던졌다. 어느새 음식을 나르던 시종들이 모두 사라졌다. 방에는 다미아와 파헬만이 남아 있었다.

저벅.

다미아가 일어서더니 파헬 쪽으로 다가왔다.

“오해가 있구나, 바르카.”

다미아의 팔이 파헬의 목을 자상하게 감쌌다. 다미아의 이가 파헬의 귓불을 살짝 깨물었다. 새하얀 손가락이 연인을 매만지듯 파헬의 몸을 더듬어 갔다.

“왕가의 족보는 이상하기도 하지. 남매가 태어난 다음 대의 자손은 금발과 푸른 눈동자가 더 많이 나오더구나. 어째서일까 생각해 본 적이 있느냐, 바르카? 방계 가문에서는 3대도 못

버티고 흐려지는 이 특성이 어째서 지금까지 직계에는 이어진 걸까?"

금발 벽안의 잘생긴 외모는 통치에 유리했다. 포를카나의 선조들은 일찍이 그걸 알았을 터다. 자신들의 외모가 얼마나 많은 사람을 홀리는지……. 사람의 속은 보이지 않기에 겉만 그럴싸하면 어떤 이들은 목숨까지 바친다.

"바르카……. 나의 바르카. 내 영혼의 반쪽."

다미아가 파헬의 귓가에 숨을 불어넣었다.

파헬은 눈물을 꾹 참았다. 당장이라도 누이의 따스함에 안기고 싶었다. 하지만 그건 독이라는 걸 안다. 저건 기만이고 위장이다.

"단둘이 침대에 가자꾸나. 술을 한잔 마시면 기분이 좋아지겠지. 이건 왕이 되는 너에게 주는 선물이란다."

파헬이 다미아의 뺨을 매만졌다.

"저는 누님을 동경했었고 누이가 읽었던 책을 항상 뒤늦게 찾아 읽었죠. 그중에서는 물고기에 대한 책도 있었습니다. 거기에는 복어의 독에 대해서도 자세히 나와 있었죠. 꽤나 흥미로운 부분이라 열심히 읽었던 적이 있습니다."

"지금 네 말은 그저 망상일 뿐이다. 그간 고생을 너무 많이 한 거겠지. 가엾은 바르카."

다미아가 파헬의 입술에 자신의 입술을 가져가 댔다. 파헬은 다미아가 하는 대로 내버려 뒀다.

타액이 두 사람의 입술을 타고 길게 늘어졌다. 파헬은 입가를 닦으며 중얼거렸다.

"그 어떤 충실한 시녀도 유릭의 고문을 버텨내지 못할 겁니다……."

다미아의 평정이 깨졌다.

덜컹.

"여어, 그럼 좋은데? 나도 끼자고."

문이 열리고, 거구의 야만인이 들어왔다. 그의 왼손에는 피투성이가 된 시녀가 있었다. 유릭이 인형을 들어 올리듯 시녀의 머리채를 잡아서 식탁 위로 던졌다.

"유릭……."

다미아가 애써 표정을 가다듬었다. 유릭이 던진 시녀는 다미아의 수석 시녀였다. 그녀의 손가락은 전부 잘려 나가 없었다. 손가락 대신에 핏물이 한 방울씩 뚝뚝 떨어졌다.

"누님의 말대로 왕은 믿어야 할 사람과 믿지 못할 자를 구분해야 합니다. 저는 누님을 그 누구보다 사랑하지만 제가 가장 믿는 사람은 저와 생사를 함께한 친구입니다."

파헬이 다미아를 밀치며 일어섰다.

"잔인해졌구나, 바르카. 저 아이가 무슨 죄가 있다고 저런 모진 꼴을 당하게 만든 것이냐."

"필리온 경도 마찬가지입니다. 경의 죄라곤 충성심이 신앙심보다 깊었다는 것뿐이죠."

파헬이 시녀 앞에 섰다. 시녀가 공포에 질린 눈동자로 유릭과 파헬을 번갈아 봤다.

"저, 저는."

시녀가 말을 더듬거렸다. 다미아가 시녀의 입을 막았다.

"이 아이를 당장 의사에게 보내라, 바르카. 당장……!"

다미아가 사납게 말했다. 그녀가 처음으로 파헬과 노골적으로 대적했다.

"유릭! 저 시녀가 뭐라 말했지?"

파헬은 다미아의 말을 무시하며 외쳤다.

"꽤 독한 년이었어. 손가락 가지고는 좀처럼 불지 않던데……."

유릭이 시녀의 머리채를 다시 잡아서 들어 올렸다. 시녀가 신음을 내지르며 눈을 떴다.

"읍."

다미아가 입을 가리며 고개를 돌렸다. 파헬조차 침음을 내며 시녀를 쳐다봤다.

"눈을 하나 후벼 파니까 술술 불더라고."

유릭이 시녀의 왼쪽 눈꺼풀을 강제로 들어 올렸다. 그 안에는 동공이 없었고 피눈물만이 흘러내렸다.

"이, 이 야만인!"

다미아가 소리를 질렀다. 유릭이 귓구멍을 후비며 어깨를 으쓱했다.

"내가 야만인인 걸 이제 아셨나? 공주님?"

유릭이 시녀의 뺨을 툭툭 쳤다. 시녀는 이 세상에서 못 볼 걸 보고 온 사람처럼 벌벌 떨었다.

'일처리 하나는 확실하군.'

파헬은 죄책감을 억눌렀다. 그가 시킨 일이었다. 다미아의 수족이 누구인지는 파헬도 알고 있었다. 어린 시절부터 누이의 옆에 딱 붙어 있던 젖자매 시녀였다.

"제, 제가 필리온 경의 물에 독을 탔습니다."

시녀가 이실직고하며 엎드렸다. 평생을 쌓아온 우정과 충정도 고문 앞에선 흐려졌다. 왕궁의 시녀가 견디기에는 너무나 가혹한 고문이었다.

"코트리아……."

다미아가 시녀의 이름을 읊조렸다. 시녀는 얼굴을 들지 못했다.

"어디서 나온 독이더냐?"

파헬이 고개를 뒤로 젖히며 물었다. 그는 애써 표정을 숨겼다.

"…복어의 독입니다. 성 밖의 어부에게 돈을 주고 구해온 복어의 내장을 갈아서 짜낸 독입니다."

어렴풋이 예상은 했다. 어린 시절에 다미아가 보던 책 중에서는 보기 드문 서적도 많았다. 부왕께서 다미아에 대한 지원을 아끼지 않았기 때문이다. 그 서적을 통해 다미아는 독을 만드는 법을 배웠다.

"코트리아, 누구 앞이라고 거짓을 고하느냐."

다미아가 나서자 시녀가 움찔했다.

"하지만 이 모든 건 제 독단이며…… 끄, 으아, 아아."

유릭이 시녀의 눈구멍에 손가락을 집어넣어 헤집었다. 끔찍한 소리가 났다.

"우읍."

그 광경을 참지 못한 다미아가 구역질을 했다. 방금 먹은 음식이 바닥에 쏟아졌다.

"똑바로 말해. 내게 말했던 그대로 고해라. 남은 눈마저 도려내기 전에."

유릭이 낮은 목소리로 말했다. 그의 말이 시녀의 뇌를 파먹는 듯했다.

공포와 고통은 판단력을 흐트러뜨린다. 시녀는 그저 울먹이며 자신이 무슨 말을 하는지도 모르고 온갖 말을 내뱉었다. 다미아가 지금까진 어떤 생각을 가지고 있었는지, 하르마티와 무슨 짓을 했는지, 왕에게 조금씩 독을 먹여 혼수상태에 빠트린 것, 필리온의 독살을 사주한 것.

"다미아, 변론할 기회를 주겠다."

파헬이 누님이라는 말 대신에 누이의 이름을 입에 올렸다.

"나보다 저 야만인과 고문으로 얻어낸 증언을 믿는단 말이냐? 바르카!"

다미아가 상체를 숙이며 구토를 하다가 외쳤다.

"옷을 벗어라, 다미아."

파헬이 손가락 깍지를 끼며 다리를 꼬았다.

"……바르카."

"병사를 불러 강제로 벗기기 전에 스스로 벗는 게 좋을 거다. 저 시녀가 거짓말을 하는 거라면 지금 네 몸에는 독이 없을 터."

파헬이 턱짓을 하며 신호를 보냈다. 다미아가 파헬 앞으로 다가가려고 했다.

콰직!

도끼 한 자루가 파헬과 다미아 사이로 날아오더니 벽에 박혔다.

"거기서 조금만 더 다가가면 그 예쁜 얼굴이 반쪽이 될 거야. 굶어서가 아니라 도끼 때문에."

도끼를 던진 유릭이 팔을 뻗은 채로 말했다.

파헬과 유릭 사이에는 유대가 있었다. 다미아가 모르는 유대감이었다. 함께 험한 여정을 거치며 쌓아온 경험이 신뢰의 근거다. 유릭은 파헬의 목숨을 몇 번이나 구했고, 파헬은 유릭에게 자신의 모든 걸 맡겼다. 목숨을 공유한 유대만큼이나 강력한 신뢰는 없다.

파헬은 유릭을 믿고 있었다. 유릭이 자신에게 해가 될 일을 할 리가 없다고 생각했다. 그는 유릭을 믿고 다미아를 추궁했다.

'이건 내가 아는 바르카가 아니야.'

다미아가 아는 파헬은 우유부단하고 현실을 도피하는 소년이었다. 과거의 파헬은 자기가 마음에 들지 않는 현실이라면 정면으로 보지 않고 도망갔다. 누님이 배신자라고 믿을 바에 그 말을 고한 사람을 반역자로 매도했을 터다.

"그 자리에서 옷을 벗어."

다미아가 입술을 파르르 떨었다. 그녀의 계획은 이게 아니었다.

달콤한 밤을 파헬에게 선물할 생각이었다. 그건 그녀의 마지막 선물이었다. 다신 깨어나지 못할 왕자를 위한 선물. 파헬마저 죽는다면 싫든 좋든, 적통은 다미아 하나만 남을 터고 그녀가 왕가의 방계와 결혼해 부군을 허수아비 왕으로 세우며 통치하면 된다. 그리한다면 자신의 운명을 선택할 수 있다.

'처음부터 내 손으로 끝내야 했어. 바르카를 밖으로 내보내

는 게 아니었어.'

좀 더 깔끔한 방법이 있었다.

차마 쌍둥이 동생을 자기 손으로 처리하기 꺼림칙했기에 망설였던 걸까? 아니면 왕실에서 벌어진 독살이라는 전례와 추문을 남기지 않기 위해서 그랬던 걸까?

어쨌든 다미아는 파헬을 밖에서 처리하려 했다. 그게 잘못 끼워진 단추였다. 파헬은 온갖 위험에서 살아남았고 다른 모습으로 돌아왔다. 과잉보호에서 자란 소년이 오히려 거친 풍파를 겪으며 진짜 적통 후계자가 되었다.

스륵.

다미아가 옷의 끈을 하나씩 풀었다. 파헬은 누이의 알몸을 똑바로 응시했다. 정욕은 전혀 생기지 않았다. 서글픈 마음에 눈물이 나올 것만 같았다.

'어쩌다 이렇게 된 거지? 어째서.'

파헬이 입안에 그 말이 맴돌았다.

"왜 하르마티와 손을 잡은 겁니까?"

다미아는 눈만 낮게 흘기며 대답하지 않았다.

'네가 왕이 되는 게 싫었으니까…….'

입술만 움찔했다.

다미아가 옷을 전부 벗었다. 그녀는 내의만 입고 있었다. 새하얀 나신은 광채가 나듯 매끄러웠다.

"나머지도."

파헬이 검지로 내의를 가리키며 말했다.

"만약 내게서 아무것도 발견하지 못하면 어떻게 책임질 거냐, 바르카."

다미아가 표독스레 눈을 치켜떴다.

"누가 감히 왕국의 주인에게 책임을 물을 수 있단 말이지?"

"오만하구나."

"닥쳐. 왜 가진 것에 만족하지 못했지? 공주라는 지위에 왜 만족하지 못했어? 오만한 게 누군데! 난 왕이 되면 누이를 요구하는 다른 왕족과 귀족들에게 보낼 생각이 없었어. 아름다운 공주는 좋은 정략 도구지. 하지만 나는 누이가 원한다면 혼자서 평생 살 게 해줄 거였다고!"

다미아가 마지막 내의마저 풀어 헤쳤다. 그녀가 자조하며 파헬을 쳐다봤다.

띵.

조그마한 유리병 하나가 바닥에 떨어졌다. 떨어진 유리병이 파헬의 발밑까지 굴러왔다.

"우습구나, 바르카. 내가 왜 가진 것에 만족해야 한다고 생각하는 거지? 결국 너 역시 아버지와 다를 바 없구나. 지금은 그리 생각할지라도 날 팔아야 하는 순간이 올 터. 정치란 그렇게 쉽지 않을 테니까."

다미아가 서글서글하게 웃었다. 파헬이 떨어진 유리병을 주웠다.

"…정말이군요, 누님. 저를 죽이려고 하셨군요."

파헬은 내심 생각했다.

이 모든 게 자신의 망상이자 폭주였다면 좋았을 텐데, 자신의 폭주를 자상한 누이가 용서해 주는 걸로 끝나는 이야기였다면 얼마나 좋았을까?

하지만 결과는 나왔다.

'누이는 독을 품고 내게 다가왔어.'

어떤 식으로든 이 독을 파헬에게 먹일 생각이었을 것이다. 어떤 독인지는 금방 알 게 될 터.

"나와 너는 태어날 때는 동등했어. 우린 하나였지. 하지만 나는 물건이 되고, 너는 왕이 될 운명이었어."

"누이를 물건이라고 생각해 본 적은 없습니다."

"언젠가는 그랬을 거야. 네가 왕이 되는 걸 보기 싫었다. 넌 분명 왕이 되면 변할 테니까. 더 이상 나의 바르카가 아니겠지. 왕은 누이를 사랑하는 순진한 소년이 할 수 있는 일이 아니니까."

알몸의 다미아가 움직였다. 그녀가 식탁에 놓인 고기 자르는 칼을 붙잡았다.

"유릭!"

파헬이 외쳤다. 유릭의 눈동자가 빠르게 움직였다. 그는 파헬을 보지 않고 다미아의 손을 쳐다봤다.

'파헬을 보호할 필요는 없어. 막아야 할 건……!'

유릭은 순식간에 판단을 끝냈다. 그는 식탁에 놓인 청동잔을 붙잡아서 빙글 돌며 던졌다. 힘을 조절할 여유도 없었다.

콰직!

유릭이 던진 청동잔이 다미아의 손을 때렸다. 다미아의 손뼈에서 부러지는 소리가 났다. 다미아는 자신의 목을 찌르려다가 칼을 놓쳤다.

"죽는 걸로 도망치게 놔두진 않겠어……. 누이는 황제의 첩으로 갈 겁니다. 황제는 여자를 도구와 물건으로밖에 보지 않는 오만한 인간입니다. 그런 황제와 저는 서로 계약을 했죠. 그 증표로 누이가 갈 겁니다. 황제는 늘 포르카나 왕가의 핏줄을 이은 미인을 품고 싶어 했으니까요."

쓰러진 다미아가 부어오른 손등을 매만지며 파헬을 올려다봤다.

"결국 정해진 운명대로 가는 것인가……."

"아니, 누이가 직접 선택한 운명인 거지."

파헬이 자신의 망토를 벗어서 다미아의 알몸을 덮었다.

Chapter 7

바다처럼 푸른 카펫이 길게 이어져 있다. 물고기 자수가 금실로 빼곡하게 놓인 카펫이다. 금빛 물고기들은 살아 있는 것처럼 생동감이 넘쳤다. 포를카나에서 물고기는 풍년과 풍요를 기원한다.

저벅.

파헬은 자신의 키보다 두 배는 더 긴 망토를 질질 끌며 카펫 위를 걸었다. 걸음걸이는 느긋했다. 정오의 태양이 정점에 오를 때까지 파헬은 천천히 걸어야 했다.

'귀족들.'

파헬이 가늘게 눈을 떴다. 푸른 눈동자가 좌우로 움직였다. 그는 대관식을 보기 위해 몰려든 사람들을 바라봤다.

"공주가 반역을 주도했다는 소문이 있더군."

"공주를 제국으로 보내는 걸 합리화시키려고 퍼트린 소문일걸? 이제 보니 피도 눈물도 없는 왕자였어. 제국군을 빌린 조건으로 자신의 누이를 바치다니 말이야. 그것도 비도 아닌 일개 첩으로 가는 거라면서?"

"왕국의 제일미녀를 황제에게 바친 셈이로군. 자신의 왕위를 위해서."

귀족들이 수군수군 떠들었다. 그들은 자세한 사정을 모른다. 공주가 반역을 획책했다는 게 사실일지라도 알려져서 좋을 건 없었다. 아무리 공주라곤 하지만 여자에게 왕국이 놀아났다는 건 부끄러운 일이었다. 정치와 전쟁은 남자들의 영역이다.

"아깝군, 아까워. 한 번이라도 안아보고 싶은 여자였는데."

"끌끌, 불경한 소리를 하는군."

"여자란 공주니 뭐니 해봤자 결국 애나 잘 낳으면 되는 거지. 안 그래? 남자에게 사랑받는 것만큼 행복한 게 어디 있겠나?"

"허튼소리 말고 자네 마누라에게나 잘해주게나."

"요새 뱃살 나온 걸 보면 잘해주고 싶다가도 마음이 싹 달아나서 원."

"그나저나 자네 딸은 혼기가 다 차지 않았나? 궁에 한 번 데려오는 게 어떤가? 혹시라도 아나? 자네가 왕의 장인이 될지 말이야."

"당분간은 안 돼. 가신 한 놈이랑 눈이 맞아서 말이지. 밤중에 이상한 소리가 들려서 들어가 봤더니 익숙한 얼굴의 남정네와 침대에서 배를 맞대고 있더군."

"호오, 그래서?"

"그땐 머리에 피가 돌아서 그 놈팡이의 목을 베어버렸지. 쯧, 덕분에 딸내미가 몇 달째 방 안에 처박혀서 안 나오고 있네."

"애라도 안 뱄으니 다행이지. 사생아 처리는 언제나 골치가 아프니까."

귀족들의 목소리가 이리저리 섞였다. 왕국의 유력 귀족들이 전부 참가한 대관식이다.

'룽겔 공작.'

파헬은 고개를 돌려 룽겔 공작을 바라봤다. 룽겔 공작은 열게 웃으며 고개를 끄덕여 인사했다.

'앞으로 룽겔 공작이 내 정적이 되겠지.'

룽겔 공작은 내전에서 세력을 소모하지 않았다. 오히려 자신의 지지층을 끌어모아 독자적인 세력으로 성장했다. 왕국의 중대사를 결정할 때마다 룽겔 공작은 상당한 영향력을 행사할 터다.

'룽겔 공작이 동대륙 탐험에 찬성할까?'

동대륙 탐험은 어찌 보면 허무맹랑한 계획이다. 특히 중년에 이른 귀족들은 생전에 그 결과를 보기 힘들다. 혈기왕성한 젊은 귀족들은 왕의 탐험에 동조하겠지만 보수적인 중년들은 설득하기 어려울 것이다.

"루여."

파헬이 천장을 바라보며 중얼거렸다. 그는 평생에 걸쳐 루가 내린 사명을 완수할 생각이었다. 그에게 남은 건 그것뿐이었다.

'누님.'

심장이 반쪽으로 쪼개진 기분이었다. 누이만 생각하면 숨이 흐트러지고 심장이 불규칙하게 뛰었다.

'내게 한 번이라도 용서를 빌었다면…….'

파헬은 다미아를 사랑했다. 모든 면에서 그녀를 좋아했다.

다미아가 모든 자존심을 내려놓고 빌었다면 파헬의 마음이 녹아내렸을지도 모른다. 내심 용서할 준비를 하고 있었을지도 모른다. 마지막의 마지막까지…….

'결국 나는 누이를 사랑하는 동생일 뿐이니까.'

다미아는 무서운 여자였다. 그녀가 적의를 내보인 건 마지막뿐이었다. 언제나 그녀는 자상하고 좋은 누이였다. 눈을 감고 생각하면 증오나 분노보다는 좋은 기억밖에 떠오르지 않았다. 정원에서 화관을 만들어 씌워주던 누이가 생각났다. 꽃향기보다 좋았던 누이의 목소리가 아직도 생생하다.

'나는 그런 누이를 짐승 같은 황제에게 넘겼어.'

파헬은 황제 안키누스를 알고 있다. 그는 욕망의 짐승이었다. 자신의 욕망을 위해서 뭐든 했으나 욕망의 노예는 아니었다. 그는 사냥감을 노리는 맹수처럼 인내심을 갖고 기다릴 줄 알았다.

열락궁에 있던 여자들이 생각났다. 각지에서 모인 황제의 여자들, 누이도 그 안의 일원이 되는 걸까? 운이 좋다면 비의 위치까지 오를지도 모른다. 누이는 머리가 좋으니까.

'머저리 같구나. 아직도 누이의 걱정을 하다니.'

파헬이 눈을 감았다가 떴다. 눈가가 시렸다. 쏟아질 것 같은 눈물을 참아냈다.

다미아는 이미 출발했다. 제국군의 호위와 함께 제국으로 가고 있었다. 더불어 황제에게는 다미아의 악행을 낱낱이 적은 서신을 보냈다. 그건 왕국의 치부이지만 황제에게 다미아가 어떤 여자인지 알려야 했다.

'내가 동대륙 탐험을 진행하는 동안은 황제를 믿을 수 있어.'

파헬은 황제의 짙은 욕망을 안다. 그는 역사에 이름을 남기고 싶어 했다. 그는 현세에서 모든 욕망을 충족한 사내이기에 사후의 명예를 원했다.

"오시오, 바르카 아누 포를카나."

주교가 저 앞에서 말했다. 수염이 성성하고 눈빛은 인자했다. 그가 들고 있는 왕관은 낯익었다.

'부왕이 항상 쓰고 있던 왕관.'

그게 언젠가 자신의 손에 들어오리라는 건 알았다. 하지만 막상 그날이 되자 현실감이 없었다.

'내가 왕이 되고자 하는 건 내 의지였던가?'

파헬은 평생 왕이 되는 걸 당연하게 생각했었다. 그는 유일한 적통 후계자였으며 아버지와 신하들은 그가 차기 국왕이 될 거라 항상 말했다.

왕은 파헬의 정해진 길이었다. 그가 태어났을 때부터 사람들은 그가 왕이 될 사람이라 말했다.

'나는 왕이 된다.'

정해진 길일지라도 파헬은 왕이 되길 원했다. 정해진 운명이라고 해도 자신의 의지가 아닌 건 아니다.

'누이는 정해진 운명이 자신의 의지와 달랐을 뿐이지.'

다미아는 파헬과 동등해지고 싶어 했다. 태어날 때부터 하나였기에 한 명이 먼저 앞으로 가버리는 걸 용납하지 못했다. 사랑은 변덕스럽고 불완전했기에 다른 감정으로 쉽게 바뀌곤 한다. 예를 들자면 질투라든가…….

타고난 것이라면 그 어떤 여자보다 축복받은 다미아였다. 어떤 사내라도 홀리는 무기가 그녀에게 있었다. 빛나는 아름다움을 모두가 칭송했다. 하지만 다미아는 그런 삶에 만족하지 못했다. 자신의 삶을 선택하지 못한다는 열등감과 질투로 삐뚤어졌다. 그녀는 백 번을 양보하더라도 용서받기 힘든 짓을 저질렀다.

'주어진 것에 만족하는 삶.'

대부분 인간이 그렇게 살아간다. 노예든 귀족이든 루가 선물해 준 운명에 만족하며 살아간다. 하지만 극소수는 자신에게 주어진 것 이상의 무언가를 원한다. 신분이든 성별이든 자신에게 주어진 환경을 이겨냈다.

후계자가 아닌 이가 왕이 되려면 전쟁을 해야 한다, 노예가 속박에서 벗어나려면 주인을 죽여야 한다. 남자에게 종속된 여자가 남자 위에 서려면 어째야 했을까?

"……실패도 선택의 결과입니다, 누님."

불쌍하다고 자신이 가진 걸 그냥 넘겨줄 생각이 없다. 삶은 불공정한 투쟁이며 승리자만이 원하는 걸 얻는다. 인생은 공평하게 시작하지 않는다. 같은 목표라도 누군가는 쉽게 이뤄내고, 누군가는 힘겹게 해내거나 실패한다.

'이 불합리한 세계에서…….'

파헬이 걷는다. 태양이 신전의 머리 위까지 떠올랐다. 햇빛이 신전 내부를 환하게 비췄다.

'그저 내가 옳다고 믿는 것을 할 뿐이지.'

주교가 평생을 갈고닦는 자애의 미소로 파헬을 바라봤다.

"태양신 앞에 무릎을 꿇으시오, 바르카 아누 포를카나."

파헬이 무릎을 꿇으며 고개를 숙였다. 왕관이 그의 머리카락을 짓누른다.

"…일어서십쇼, 바르카 바누 포를카나. 포를카나의 주인이시여."

귀족들이 박수를 친다. 그들은 새로운 바누 포를카나를 칭송했다.

꾸벅.

파헬이 뒤로 돌아서 군중들을 바라봤다. 군중 사이에서 유릭이 보였다.

"그토록 원하던 왕이 되었군."

유릭이 말했다. 목소리는 들리지 않지만 입모양만으로도 무슨 말인지 알았다.

"포를카나의 주인이시여!"

"바르카 바누 포를카나 만세!"

"칭송하라!"

"루여, 왕국의 번영을! 젊은 왕에게 축복을!"

귀족들이 외쳤다. 인파가 크게 흔들리며 유릭의 모습이 흐려졌다. 유릭은 인파와 반대 방향으로 움직였다. 그는 가장 먼저 태양 신전을 빠져나갔다.

'유릭.'

파헬이 다시 눈을 들었지만 유럭은 이미 보이지 않았다.

축하 행렬은 왕궁까지 이어졌다. 백성들이 새로운 왕의 얼굴을 보기 위해 모여 있었다.

"……만세!"

"…카나!"

"바르카…!"

목소리가 목소리에 파묻혔다.

파헬은 말에 올라탄 채로 백성들을 바라봤다. 파헬의 인기는 높았다. 못된 숙부를 물리치고 왕이 된 청년. 백성들에게는 인기를 끌 만한 이야기였다. 무엇보다 남녀노소에게 호감을 살 만한 부드러운 외모도 한몫 거들었다. 외모는 포르카나 왕가의 자산이다.

따각, 따각.

파헬은 왕궁으로 들어섰다. 그는 지금까지 앉아보지 못했던 왕좌로 걸어갔다.

먼저 도착한 대신들이 자리를 잡고 있었다. 그들은 고개를 숙이며 왕이 자리에 앉길 기다렸다.

끼익.

파헬이 제자리에 섰다. 그가 왕좌를 매만졌다. 아버지께서 항상 앉아 있었던 자리다.

'여기에 앉기 위해 그토록 많은 피를 흘렸던가.'

눈을 감으면 죽은 이들의 얼굴이 떠올랐다. 그가 기억하지 못하는 죽음은 그보다도 훨씬 많았다. 듣지 못한 통곡은 또 얼마나 많을까?

"고개를 들라."

파헬이 왕좌에 앉으며 말했다. 팔걸이에 손을 얹으며 신하들을 바라봤다. 낯익은 얼굴은 없었다. 전부 다 낯선 자들이었다.

'끝난 게 아니야.'

파헬이 입꼬리를 비틀며 웃었다.

'능구렁이 같은 놈들, 어떻게든 어린 왕을 구워삶을 생각밖에 없겠지.'

믿을 수 있는 자는 모두 죽거나 떠났다.

인생은 언제나 투쟁의 연속이며 바르카 바누 포를카나의 투쟁은 이제 시작이었다.

이번에는 누군가의 손을 잡지 않고 새로운 전장으로 홀로 나아갔다.

"킬리오스, 많이 먹어뒀냐? 앞으로 그런 고급 여물은 없을 거라고."

유릭이 킬리오스의 목을 툭툭 치며 말했다. 킬리오스가 대답이라도 하듯 히잉 하고 울었다.

따각, 따각.

유릭은 축제 분위기인 왕성을 빠져나왔다. 용병단은 전부 유스칼 영지에 머물고 있었다. 용병들은 수령인 유릭이 돌아오길 목이 빠져라 기다리고 있을 터였다.

"잘 지내라고, 파헬."

유릭이 뒤돌아보며 말했다. 그는 킬리오스를 몰아 경치를 즐기며 이동했다. 몰아치던 일들이 끝나자 공허함마저 느꼈다.

"이게 마음의 여유라는 거지!"

유릭이 과장되게 외치며 말했다. 그러다가 미간을 주물렀다.

"제길."

마음 한구석에 파헬이 걸렸다. 이제 파헬 곁에 남아 있는 사람은 아무도 없었다.

'나라도 옆에 있다면…….'

유릭이 그런 생각을 하다가 고개를 절레절레 저었다.

'그건 내 삶이 아니야, 파헬의 삶이지. 내 역할은 여기까지다.'

어느새 한적한 오솔길로 접어들었다. 유릭이 지도를 이리저리 펼치며 길을 확인했다.

"나 원, 혼자서 길 찾으려니까 더럽게 어렵네."

유릭이 그 말을 하며 강철도끼를 뽑았다. 그가 킬리오스에서 내렸다.

"그러니까 이리 나와서 길 좀 찾아줘, 이 자식들아."

수풀 속에서 무장한 사내들이 걸어 나왔다. 산적치고는 무상 상태가 좋았다. 잘 정돈된 무구를 입고 있었다. 심지어 어떤 이는 사슬갑옷을 갖춰 입었다.

'열 명. 많군.'

유릭이 심호흡을 했다. 그가 적들을 바라봤다.

"야만인 주제에 너무 설쳤다, 유릭."

대장으로 보이는 사내가 말했다. 유릭을 견제하는 귀족은 많다. 그중에서는 행동력을 가진 사람도 있다.

"그래, 그래. 그런 말을 할 줄 알았어. 일단은 덤벼라."

유릭이 도끼를 빙글빙글 돌렸다.

'열 명을 상대로도 주눅 들지 않는 건가.'

사내가 눈을 크게 떴다. 유릭은 도망치려는 기색조차 보이지 않았다. 아무리 뛰어난 전사라도 열 명을 상대하기란 어렵다. 하물며 이들은 그저 그런 산적이 아니라 정규군이었다.

사내는 잠시 딴생각을 했을 뿐이었다. 그게 그의 실수였다.

콰직.

사내가 마지막으로 본 것은 날아오는 도끼날이었다.

유릭은 싸움이 좋았다. 심지어 사람을 죽일 때마다 묘한 쾌감마저 느꼈다. 하나밖에 없는 생명을 걸고 투쟁을 할 때 살아 있다는 걸 실감했다. 전사의 삶은 그의 모든 것이었다.

머리가 새하얗게 변할 정도로 힘겨운 싸움에서 살아남으면 전신이 떨릴 정도로 짜릿한 쾌감을 느꼈다. 여자를 안는 것보다도 훨씬 기분이 좋았다.

베고, 죽이고, 베고, 죽인다.

도끼를 정신없이 휘둘렀다. 땅바닥을 뒹굴다가도 도망치듯 나무 위로 올라갔다. 숲으로 뛰어들어 간 유릭은 늪에 뛰어내려 숨어 있다가 쫓아오는 적을 급습했다. 비겁하리만큼 집요하게 지형지물을 이용하며 싸웠다. 정신을 차려보니 얼굴에 피칠갑을 하고 있었다.

"후욱, 후욱."

유릭이 어깨에 박힌 화살을 잡아서 빼냈다. 그가 누런 눈동자를 들어서 시체들을 바라봤다.

죽은 것은 유릭이 아니라 열 명의 사내였다. 처참하게 찢긴 시체들이 도주로를 따라 사방에 널려 있었다. 내장은 나뭇가지에 걸려 있었고, 머리통들은 흙에 버무려져 뒹굴었다.

"더럽게 아프네, 정말. 내가 장기 자랑을 할 줄이야."

유릭이 갈라진 뱃가죽을 따라 찔끔 흘러나온 내장을 바라봤다. 분홍빛 뱀 몇 마리가 배 속에 살고 있는 듯했다.

"흡!"

유릭은 흘러나온 내장을 손으로 밀어 넣고 배에 힘을 줘서 근육을 수축했다. 그는 그 상태로 킬리오스를 불러서 올라탔다.

얼마 지나지 않아서 갈림길이 나왔다. 유릭은 다시 지도를 꺼내 살폈다.

'왼쪽이 유스칼 영지로군.'

눈동자를 들어서 왼쪽과 오른쪽을 번갈아 봤다. 결정은 오래 걸리지 않았다. 유릭은 지도를 찢어버렸다.

말머리가 오른쪽을 바라봤다. 유릭이 찢은 지도의 조각들이 바람에 날려 흩어졌다.

Chapter 8

문명세계의 농가라면 저녁의 모습은 다들 비슷할 것이다. 힘든 일과를 마치고 가족끼리 오순도순 모여 기도를 올리고 식사를 한다.

"장작은 안에 잘 넣어뒀니?"

"네, 네. 다 했어요. 매일매일 안 물어봐도 다 해둔다고요."

"넌 늘 까먹어서 하는 말이다."

네 식구가 식탁에 둘러앉았다. 아버지, 어머니, 아들과 딸. 아들은 이제 막 사춘기를 맞이한 소년이었고, 딸은 곧 혼처가 들어올 법한 나이였다.

오늘 저녁은 빵과 청어국이었다. 뜨겁게 데운 청어국의 비릿한 냄새마저 그들은 고소하게 느꼈다.

"기도하자꾸나."

가장이 말했다. 나머지 식구들이 눈을 감았다.

“루여, 오늘도 빛을 우리에게 주시어 감사합니다. 만물의…….”

기도하는 와중에 장난기가 많은 아들이 힐끗 눈을 떴다.

‘지루해. 매일매일 힘들고 똑같은 하루. 난 농사꾼이 되지 않을 거야.’

아들은 쉬는 시간이면 밖에 나가서 조잡한 목검을 휘둘렀었다.

‘난 기사가 될 거라고.’

그 나이 또래라면 으레 하는 생각이었다. 자신은 부모처럼 시시한 직업을 가지고 살지 않을 것이라고.

“아?”

아들이 소리를 냈다. 그가 창밖을 보고 있었다.

“눈 감으렴. 기도 중이지 않니.”

“그, 그게 아니라 창밖에 뭔가가 있었어요!”

“조단!”

기도문을 외우던 아버지가 일어나 윽박을 질렀다. 그러나 그도 아들의 표정을 보고는 바로 벽난로 부지깽이를 잡았다. 벌겋게 달아오른 부지깽이는 훌륭한 호신 무기였다.

‘제길, 도적인가.’

성벽 밖에 위치한 농가는 치안이 좋지 않은 편이다. 특히나 내전 때문에 치안대 인원까지 빠진 터라 포르카나 왕국의 치안은 전반적으로 악화되었다. 치안 수준을 회복하려면 제법 시간이 걸릴 것이다.

'빌어먹을 내전.'

내전에 가장 고통받는 이들은 백성이다. 그들이 낸 세금은 귀족들의 싸움에 쓰였다. 백성들이 세금을 내는 이유는 간단했다. 무법의 폭력으로부터 보호받기 위해서다.

근래 도적에게 습격받은 농가가 많다는 이야기를 들었다. 인원이 빠진 치안대가 역할을 다하지 못했기 때문이다.

"여보……."

"괜찮아, 날 믿어."

사내는 부지깽이를 들고 서서히 문 앞까지 다가갔다. 귀를 기울이니 바깥에서 발소리가 들리는 듯했다.

끼이익.

문이 열렸다. 커다란 손이 문짝을 젖혔다.

"당장 내 집에서 나가시오!"

사내가 외쳤다. 문이 열린 것만으로도 머리칼이 곤두섰다.

"미안한데, 잠깐만 쉬자고."

침입자가 말했다. 굵직한 목소리에는 위압감이 있었고 침입자의 손에는 핏자국이 있었다.

"나가시오! 그렇지 않으면 당장……!"

침입자는 경고를 무시했고 사내가 부지깽이로 찔러 들어갔다.

"위험하잖아, 이 양반아."

침입자가 가볍게 부지깽이를 붙잡았다. 달아오른 부지깽이를 그냥 잡았기에 손바닥이 치이익 하고 익었다. 그런데도 침입자는 신음 하나 흘리지 않았다.

"으읏!"

침입자는 부지깽이를 잡아서 힘껏 당겼다. 사내가 부지깽이를 놓치면서 땅바닥에 넘어졌다.

"마침 잘 달궈놨군."

침입자가 자신의 상처 입은 어깨를 부지깽이로 지졌다.

쿵, 쿵.

침입자는 부지깽이를 벽난로로 내던지며 안으로 들어왔다.

'크다.'

식구들이 전부 눈을 크게 떴다. 안으로 들어온 침입자는 거구의 사내였다. 누가 봐도 그가 전사라는 걸 알았다. 허리 뒤로는 도끼 두 자루, 옆으로는 칼 한 자루를 차고 있었다. 용케도 바지는 입었으나, 상체는 모피 망토만 걸쳐서 피부가 대부분 드러나 있었다.

"식사 중이었나?"

침입자가 식탁에 놓인 빵을 생선국에 듬뿍 찍어서 한입에 삼켰다. 그러곤 손가락으로 그릇을 헤집어서 생선 살을 한 움큼 쥐어 입안에 넣었다.

으적, 으적.

남의 집에 들어오자마자 태연하게 식사를 했다. 집안 식구들은 벽 한구석에 붙은 채로 침입자를 경계했다.

“내 이름은 유릭이다.”

유릭이 생선 기름이 묻은 손을 모피 망토에 대충 비벼서 닦았다. 그가 손을 내밀어 악수를 청했다. 의외로 격식 있는 태도에 식구들이 당황했다.

“나, 나는 게스요.”

“며칠만 머물도록 하지. 사례는 하겠어.”

유릭이 식은땀을 흘리며 말했다. 태연한 척했지만 몸 상태가 좋지 않았다. 습격자와 싸워 중상을 입은 그는 근처에서 가장 가까운 농가를 찾아 들어왔다.

“여보, 일단은 대접을 하죠.”

부인이 말했다. 게스는 고개를 끄덕였다. 상대는 방금 전까지 피를 묻히고 온 전사였다. 괜히 자극해서 일가가 몰살하는 것보다 나았다.

“거기 너.”

유릭이 집안의 딸내미를 가리키며 말했다.

“저, 저 말인가요?”

소녀가 당황하며 뒷걸음쳤다.

“그래, 여기로 와봐.”

유릭이 짜증스레 말했다. 그의 표정이 일그러졌다.

‘제기랄, 죽겠네. 진짜.’

배의 상처가 너무 컸다. 당장이라도 내장이 쏟아질 것 같았다.

“내, 내 딸을 건드리면 가만히 있지 않을 거요!”

게스가 아쉬운 대로 식칼이라도 잡으며 외쳤다.

부인이 게스를 말렸다. 그녀가 유릭의 곁에 다가왔다.

“차, 차라리 저를 안으시죠. 아직 제 딸은 남자를…….”

유릭이 부인을 흘겨봤다.

“안 돼. 늙어서 푸석푸석하잖아.”

유릭은 단호하게 일어섰다. 그가 단도를 뽑았다.

“내 가족을 건드리지 마!”

게스가 울부짖으며 식칼을 들고 달려왔다.

“진짜, 거참.”

유릭이 손을 크게 휘둘러서 게스를 날려 버렸다. 게스가 땅바닥을 뒹굴었다.

“크읏! 내 딸은 안 된다! 이노오오옴!”

게스가 끝까지 유릭의 다리를 붙잡았다.

‘아파 죽겠는데…….’

유릭이 다리에 매달린 게스를 질질 끌며 소녀에게 다가갔다.

"꺄, 꺄아아아아!"

소녀가 비명을 지르며 주저앉았다.

"누나를 놔둬!"

옆에 있던 소년도 유릭에게 달려들었다. 유릭은 별거 아니라는 듯이 아버지와 아들을 매달고 움직였다.

"이리 와. 빨리!"

유릭이 윽박을 지르며 소녀의 머리채를 잡았다. 그가 단도를 들어서 휘둘렀다.

뚜둑.

소녀가 비명을 지르다가 눈만 깜빡였다. 원하는 걸 손에 넣은 유릭이 다시 식탁으로 돌아갔다.

"머, 머리카락?"

유릭은 소녀의 머리카락을 쓸 만큼만 잘라냈다. 그제야 다른 식구들도 유릭을 놓았다.

"후우."

유릭이 길게 숨을 내쉬더니 소녀의 머리카락을 꼬아서 봉합실을 만들었다. 어린 여자의 머리카락으로 상처를 꿰매면 잘 낫는다고 유릭과 부족전사들은 믿고 있었다.

'보통 이런 상처를 입고 나면 죽긴 하던데…….'

내장을 밀어 넣고 꿰매도 태반은 죽는다. 유릭은 그렇게 죽은 전사들을 수없이 봤다.

“뭘 봐? 이거나 받고 식사나 하셔.”

유릭이 식구들을 보며 금화 몇 개를 꺼내 대충 던졌다.

“그, 금화!”

게스가 깜짝 놀라며 금화를 주웠다. 10만 씰짜리 금화였다.

“눈이 침침해지는군.”

유릭이 중얼거리며 짐승 송곳니를 갈아 만든 바늘을 꺼냈다. 짐승의 이빨로 만든 바늘과 소녀의 머리카락, 둘 다 주술적인 의미가 담겨 있었다. 유릭이 아는 가장 좋은 봉합 도구들이다.

유릭이 천천히 근육에 힘을 슬쩍 풀면서 상처를 꿰맸다.

“우욱.”

그제야 식구들이 유릭의 상처를 확인했다. 배를 가로지르는 핏빛 선이 보였다. 숨을 쉴 때마다 속살이 보일 듯 말 듯했다.

‘식사하긴 글렀군.’

옆에서 저런 짓을 하는데 음식이 넘어갈 리가 없다.

“너흰 방으로 가거라.”

게스가 아이들을 방으로 올려보냈다. 그는 조금 떨어진 곳에서 유릭을 지켜봤다.

“상처가 심해 보이는군.”

“내일 아침쯤에는 시체일 수도 있겠지.”

유릭이 덤덤하게 말했다. 자그마치 열 명과 싸웠다. 그것도 잘 훈련된 정규군이었고, 포위된 상태에서 시작한 싸움이었다. 비록 중상을 입었지만 이렇게 살아남은 게 대단했다. 스스로도 뿌듯했다.

“제길.”

유릭은 손을 떨면서 욕을 했다. 손가락이 생각대로 움직이지 않았다. 바늘이 자꾸만 헛나갔다.

“그렇게 해서 언제 끝내려고요? 이리 줘봐요.”

부인이 유릭 앞에 다가오며 말했다. 유릭이 잠시 부인을 바라보다가 바늘을 넘겼다.

‘대단하군.’

유릭이 부인의 담력에 놀랐다. 그가 머리를 긁적였다.

‘금화를 잔뜩 가진 양반이니 잘 대해주면 뭐라도 더 떨어지겠지.’

부인이 이 와중에도 그런 생각을 했다. 생활고로 하루하루가 힘들었다. 짤랑이는 금화 주머니를 본 순간부터 두려움이 새하얗게 날아갔다.

부인은 능숙하게 봉합을 끝냈다. 그녀가 매듭을 짓고는 뜨거운 물과 깨끗한 천을 가져왔다.

“음.”

유릭이 침음을 냈다. 부인이 뜨거운 물로 유릭의 상처 부위를 씻어내고 천으로 상처를 둘러 감았다.

척.

부인이 보수를 달라는 의미로 손바닥을 내밀었다. 유릭은 아픈 배를 잡으며 웃었다.

"대단한 마누라를 두셨군."

유릭이 게스를 보며 말했다. 게스가 어깨를 으쓱했다.

짤랑.

유릭이 금화 서너 개를 꺼내서 부인의 손에 놓았다.

"방은 저쪽을 쓰도록 해요."

유릭은 고개를 끄덕이며 배를 잡고 엉거주춤하게 일어섰다. 그가 침대로 어기적어기적 걸어갔다.

'이젠 진짜 누워서 쉬어야 돼.'

유릭은 도끼를 머리맡에 두며 누웠다.

"크큭, 꺼져. 죽음의 냄새를 맡고 온 거냐?"

천장을 보니 그림자가 일렁였다. 누군가가 그곳에서 자신을 바라보는 듯했다. 유릭은 그게 악귀라 믿었다. 습관적으로 태양 펜던트를 만지려 했지만 손에 잡히는 건 없었다. 신의 보호를 받지 못하고 있다는 걸 절실히 느꼈다.

"후욱, 후욱."

유릭이 심호흡하며 눈을 감았다. 그는 거의 이틀을 내리 잤다. 간혹 기척이 느껴지면 눈을 떴다가 다시 감았다.

'뜨거워.'

유릭은 열에 시달렸다. 구토와 설사를 반복하며, 앞뒤로 피를 모두 쏟아냈다. 눈앞이 아득해지며 몇 번이나 생사를 오갔다.

전투가 끝났다고 생사가 결정 나는 건 아니다. 운이 나쁘면 사소한 상처 하나로도 사람은 죽는다. 그렇기에 전사들은 각자의 신을 믿으며 가호를 바란다. 신의 가호가 죽음을 막아주리라 믿었다.

끽.

누워 있던 유릭이 인기척을 느꼈다. 그가 손가락을 더듬어 도끼를 잡았다.

"천을 갈러 왔어요."

이 집의 딸인 소녀가 들어왔다. 유릭은 도끼를 다시 내려놓으며 상체를 세웠다.

쩌어억.

피와 고름이 들러붙은 천을 제거했다. 고약한 냄새가 났다.

"어머니께서… 금화를 더 주시면 연고를 사 온다고 하셨어요."

천을 갈던 소녀가 떨떠름하게 말했다. 유릭은 고개를 끄덕이며 금화 하나를 꺼냈다.

'이렇게 자꾸 돈을 받아도 되는지 모르겠네.'

유릭은 도움이 필요해 농가를 찾아온 사내였다. 어째서 다

쳤는지 모르지만 그는 이미 충분한 돈을 지불했다.

다음 날, 유릭은 연고를 받아서 상처 부위에 꼼꼼히 발랐다. 약초의 향은 상쾌했고 며칠이 더 지나자 연고를 바른 부위를 중심으로 고름이 가라앉았다.

"낫고 있군."

유릭은 자신의 이마를 매만지며 열이 내린 걸 확인했다. 상처는 아물고 있었다. 중상을 수없이 입어본 유릭은 자신이 죽을지 살아남을지 충분히 가늠할 수 있었다.

꼬르륵.

배가 고파진 유릭이 일어섰다. 그는 벽난로 위에 말려둔 훈제 청어를 세 마리 집어서 으적으적 씹어 먹었다.

"이봐요! 그거 함부로 먹으면 어떡해요?"

빨래를 마치고 돌아온 부인이 손바닥을 내밀며 말했다. 유릭이 기름이 묻은 손가락을 쪽쪽 빨며 멋쩍게 웃었다. 주머니를 뒤져서 금화 하나를 내밀었다.

'또 그, 금화? 도대체 얼마나 부자인 거야?'

이번에도 금화가 나온 걸 보고 부인이 눈을 동그랗게 떴다. 어쩌면 유릭이 대단한 사람일지도 모른다는 생각이 들었다. 그녀는 그날 저녁으로 닭 한 마리를 사 와서 목을 비틀었다.

회복 안정기에 접어든 유릭은 침대에서 죽은 듯이 지냈다. 가끔씩 부인이나 소녀가 가져온 음식을 먹을 뿐이었다.

"후우."

유릭이 잠깐 일어서서 칼을 천천히 휘둘렀다. 칼을 따라 움직이는 근육을 하나하나 느꼈다. 복근을 움직이자 통증이 찌릿했다. 유릭은 통증이 느껴지는 부위를 매만지며 몸 상태를 점검했다.

'크게 휘두르지만 않으면 되겠군.'

복근에 들어가는 힘만 어찌어찌 조절하면 칼을 휘두를 만했다.

"나쁘진 않았어."

돈 때문이긴 했지만 집안 사람들은 유릭을 잘 보살폈다. 보통 귀찮은 일이 아닌데도 매일 새로 삶은 천을 가져오며 음식도 넉넉하게 챙겨줬다. 바깥에 묶어둔 킬리오스도 여물을 꼬박꼬박 먹은 듯했다.

'돈을 조금 밝히긴 하지만 좋은 사람들이군.'

유릭은 침대에 누워서 화목한 가정의 대화를 들었다. 꽤나 정겨운 말들이 오갔었다. 할 일이 없었기에 대화를 훔쳐 듣는 게 그간의 낙이었다.

"장작은 옮겨뒀니?"

"그렇게 말 안 해도 알아서 한다니까요."

"저번에는 비가 오는데 장작을 밖에 둬서 홀딱 젖었잖니."

투닥거리는 목소리가 들렸다. 유릭은 천장을 바라보며 누운 채로 대화를 들었다. 웃음이 절로 나왔다.

또각, 또각.

유릭은 발소리를 들었다. 발소리만으로도 이 집의 딸인 걸 알았다.

"식사 가져왔어요. 오늘은……."

유릭의 예상대로 집안의 딸이 들어왔다.

"오늘은 돼지고기로군."

유릭이 코를 킁킁거리며 말했다. 소녀가 뚜껑을 열기도 전에 냄새로 알았다.

"덕분에 저랑 동생도 잘 먹고 있어요."

소녀가 일단 감사의 인사를 했다. 유릭 덕분에 그녀의 가족은 겨울을 날 걱정을 하지 않아도 된다. 이번 겨울을 풍족하게 보내고도 남을 돈이 들어왔다.

"그래? 다행이네. 많이 먹어야 가슴도 커지지. 남자들은 가슴 큰 여자를 좋아한다고. 넌 좀 먹어서 키워야겠다."

유릭이 그릇에 담긴 돼지고기를 집어 먹으며 말했다.

"그, 그… 래요."

소녀가 붉어진 얼굴로 대답했다. 화가 났지만 차마 말로 표

현하진 않았다. 그는 돈을 많이 주는 손님이었다.

'무례해.'

소녀가 문을 닫고 나갔다.

"좋은 충고를 해준 건데, 별로 고마워하는 것 같진 않네."

유릭이 어깨를 으쓱하며 돼지고기를 질겅질겅 씹어 먹었다. 아직까지 식욕이 그다지 없었지만 억지로라도 입안에 넣었다.

'일단은 북부로 가 볼까.'

유릭은 남부와 북부를 전부 돌아볼 생각이었다. 그곳의 신과 인간을 만나보고 싶었다.

'울가로.'

검귀 페르젠조차 루를 버리고 울가로를 믿었다.

'페르젠은 북부에서 무엇 보았던 걸까? 자신의 신을 버릴 정도로 강렬한 매력을 어디서 느낀 걸까?'

고기를 씹는 움직임이 느려졌다. 유릭은 턱을 괴며 고기가 식어가는 걸 바라봤다. 몸을 움직이지 않으니 잡생각이 많아졌다.

페르젠의 최후는 유릭에게 크나큰 충격이었다. 뭐라 형용할 수 없지만 그의 가슴을 깊게 울렸다. 그날 유릭은 루를 버리고 말았다. 페르젠에 대한 동경이었을까, 끝까지 전사로 죽은 사내에 대한 애도였을까.

'만약 내가 그 나이까지 산다면 나 역시 페르젠처럼 살고

싶군.'

페르젠은 전사로 살고, 전사로 죽었다.

질겅.

유릭이 남은 고기를 한입에 넣어서 씹어 삼켰다. 그가 가볍게 움직일 겸 밖으로 나갔다.

"밤에는 너무 멀리 가지 않는 게 좋네. 요새 치안이 안 좋아서 흉흉하니까."

유릭이 나가는 걸 본 게스가 말했다.

"충고 고마워."

유릭은 밖에 나가서 밤공기를 마셨다. 헛간으로 가서 킬리오스의 상태를 살핀 뒤에 좀 더 멀리 걸어갔다.

"간만에 혼자로군."

기분이 좋았다. 그는 파헬과 용병단을 내버려 두고 나왔다. 아쉽고도 홀가분했다. 무언가에 얽매이지 않은 기분은 오랜만이었다.

'하늘산맥을 넘기 전에는 혼자 자주 사냥을 나가곤 했지.'

혼자 있고 싶으면 사냥을 나갔다가 며칠 뒤에 돌아오곤 했다. 유릭은 야생에서 혼자 살아남을 정도로 우수한 사냥꾼이었다. 족장의 아들조차 유릭을 시기했다.

"여기서는 당연히 산맥이 보이지 않지."

유릭이 서쪽을 바라봤다.

옛날에는 혼자 사냥을 나가면 밤새 산맥을 쳐다보곤 했다. 모닥불이 타들어 가는 걸 보면서 '저 너머에 진짜 영혼의 세계가 있을까?'라고 혼자 골몰히 생각했었다. 만약 그곳이 영혼의 세계라면 가 보고 싶었었다.

'영혼은커녕 우리와 똑같은 사람이 사는 곳인걸.'

유릭이 뒤를 돌아봤다. 불이 켜진 농가가 보였다. 그들은 유릭과 똑같은 사람이었다.

스르륵.

유릭이 무릎을 굽히며 흙을 매만졌다. 손아귀 밑으로 흙이 흘러내렸다. 기름진 흙이라 촉촉했다.

'좋은 땅이다.'

사람은 같지만 땅은 똑같지 않았다. 유릭의 고향 땅은 척박하며 기후는 고르지 않아 우기는 짧고 건기는 길었다.

'그리워.'

그 척박한 땅이 그리웠다. 고향의 냄새가 맡고 싶었다. 떠난 지 1년이 넘었다.

'하지만 아직은 아니야.'

그리움보다 호기심이 더 컸다. 강렬한 욕망이 유릭의 눈가에 맴돌았다.

'언젠가는 고향으로 돌아간다. 그리고 나는…….'

유릭의 눈이 깜빡였다. 달이 없는 밤만큼이나 깊은 어둠이 속에서 꿈틀거렸다. 전사들이 보였다. 존재하지 않는 피비린내가 코에 닿았다. 대지는 불타오른다.

"후욱, 후욱."

유릭이 숨을 몰아쉬었다. 배의 상처가 쑤셨다.

"……아아아아!"

유릭의 귀가 움찔했다. 희미한 비명이 들렸다.

유릭은 눈을 휙 돌렸다. 멀리 떨어진 농가를 본 유릭의 눈동자가 커졌다. 그가 배를 붙잡으며 뛰기 시작했다.

"하핫. 새로운 왕 때문에 살맛이 나는군."

도적이 벽난로에 걸린 훈제 식량을 쓸어 담아 자루에 넣었다. 그의 동료들이 집 안 구석구석을 뒤지고 있었다.

농가를 습격한 것은 여섯 명의 도적이었다. 범죄자들이 모여 도적질을 하는 건 흔한 일이었다. 원래 지나가는 여행자를 습격하는 무리였으나 지금은 대담하게 성 근처의 농가까지 습격했다.

"빨리빨리 움직여."

"뭐, 어때? 치안대는 오지도 않을 텐데. 며칠 동안 이 근처를 순찰하지도 않더라고."

도적은 며칠 동안 이 부근을 감시했다. 여기까지 치안대가 오지 않는 걸 확인하고는 과감하게 농가를 습격했다.

"바르카 바누 포를카나 만세다! 흐흐흐."

도적이 새로운 왕의 이름을 외쳤다. 내전 때문에 포를카나의 치안은 악화되기만 했다. 왕이 즉위했지만 치안이 회복되려면 한참 걸릴 터다. 도적들은 지금이 마지막 한탕이라 생각하며 열심히 약탈을 했다.

"얌전히 있으면 목숨만은 살려줄게."

게스의 얼굴은 퉁퉁 부어 있었다. 도적에게 덤벼들었다가 실컷 얻어맞았다. 그는 쓰러진 상태에서 무력하게 가족들을 쳐다봤다.

'제기랄.'

도적들이 기승이라는 소리는 익히 들었다. 하지만 집과 가축을 버리고 성안으로 도망갈 순 없었다.

"얼씨구, 금화잖아."

서랍장을 샅샅이 뒤지던 도적이 말했다. 금화가 서랍장 밑에서 반짝였다.

"이게 얼마야? 100만 씰은 족히 넘겠는걸?"

"잘 챙겨놔. 나중에 똑같이 나누자고."

"내가 발견한 거잖아. 그럼 내 거지."

"개소리 지껄이지 마. 뒈질래?"

금화를 발견한 도적들이 다퉜다. 그들에게 의리 따위는 없다. 혼자보다 여럿이 약탈에 유리하기에 뭉쳐 다닐 뿐이다.

푸- 욱!

침묵하던 도적이 뒤에서 동료를 기습했다. 금화를 발견한 도적이 쓰러졌다. 그의 배에는 칼날이 나와 있었다.

"약탈품은 당연히 똑같이 나눠야지. 도적질도 신의가 있어야 해먹는 거야, 병신 새끼."

죽은 동료의 시체에 침을 뱉었다. 도적들은 금화를 다섯 명이 똑같이 나눠 가졌다.

"으, 읍. 읍."

딸은 자신의 입을 막았다. 당장이라도 비명이 나올 것만 같았다. 두려움 때문에 다리가 덜덜 떨렸다.

"이 정도면 겨울도 충분히 나겠는걸? 고마워, 아주 고마워."

도적들이 빈정거리며 말했다. 그들의 보따리가 가득 찰 정도였다. 겨울을 버틸 비축 식량들까지 몽땅 뺏겼다.

'저게 없으면 우린 죽은 거나 마찬가지다.'

겨울 식량이 없으면 어차피 굶어 죽는다. 이번 겨울은 내전 직후라서 혹독할 게 뻔했다. 부족한 식량을 내줄 이웃은 없다.

"어차피 치안대는 오지 않을 건데, 어때?"

약탈품을 챙긴 도적들이 모여서 떠들었다. 그들이 소녀를 쳐다보며 손짓했다.

"뭐, 그럼 해결하고 가자고. 거기 아가씨 이리 와봐. 말만 잘 들으면 다치는 사람은 없을 거야. 혹시 알아? 우리가 마음이 바뀌어서 식량 자루는 두고 갈지?"

"큭큭."

도적들도 알고 있다. 그들이 이렇게 식량을 가져가면 이 식구들은 겨울을 버티지 못한다. 어느 날 굶어 죽은 채로 발견될 터다.

"부디 제 딸만은, 제발."

게스가 입을 뗐다. 도적이 게스의 머리통을 발로 걷어찼다.

"항상 이렇다니까, 그거 좀 한다고 큰일이라도 나는 것처럼 호들갑이야."

게스를 기절시킨 도적이 말했다. 그는 소녀의 팔뚝을 잡아서 질질 끌고 나왔다.

"누, 누나!"

동생이 엉덩이를 들썩이며 외쳤다. 아버지가 기절했으니 자신이 가족을 지켜야 된다고 생각했다.

소녀는 그 순간 자신이 울면 안 된다고 생각했다.

'내 가족들이 다쳐.'

소녀가 아랫입술을 깨물었다. 울먹임을 꾹 눌러 참았다.

"나는 어린애보단 좀 닳은 여자가 좋더라고."

"우웩, 그런 아줌마가 뭐가 좋다고."

"남의 여자라는 게 좋은 거야, 뭘 모르는 새끼."

도적들이 사이좋게 부인과 딸을 끌고 나왔다. 그녀들은 눈물을 뚝뚝 떨어트리며 이를 악물었다. 어떤 꼴을 당하더라도 죽는 것보단 나았다.

"엉덩이 까고 다리 벌려. 이걸로 확 찢어서 갈라 버리기 전에."

도적이 단도를 들이밀며 말했다.

'죽어서도 루의 곁에 가지 못하고 악귀가 될 거다! 개자식들!'

부인이 속으로 저주를 퍼부었다. 그녀는 차마 딸을 쳐다보지 못했다.

"가슴은 없는 년이 엉덩이는 튼실하구나. 애를 잘 낳겠어!"

도적이 소녀의 엉덩이를 손바닥으로 치며 말했다.

콰지직!

뭔가가 바깥에서 날아오며 창문이 박살 났다.

휘이잉!

밤공기가 안으로 시원하게 들어왔다. 엎드려 있던 소녀의 등에 뜨뜻한 액체가 닿았다.

"꺄, 꺄아아아아!"

뒤를 돌아본 소녀가 비명을 질렀다. 자신의 겁탈하려던 도적의 머리에 도끼가 박혀 있었다. 도적의 쪼개진 두개골 사이로 핏물이 후드득 쏟아졌다.

소녀가 주저앉았다. 참았던 오줌이 다리 밑으로 흘러내렸고 지린내 나는 수증기가 피어올랐다.

"무, 뭐야!"

도적들이 당황하며 무기를 들었다. 그들이 창문을 바라봤다. 샛노란 눈동자가 그들을 보고 있었다.

콰지지직!

유릭이 걸쇠로 잠긴 문짝을 통째로 뜯어내며 안으로 들어왔다. 그의 얼굴 옆으로 입김이 사납게 흩날렸다.

키이이잉.

유릭이 제국강철검을 천천히 뽑았다. 일렁이는 촛불 사이로 비치는 광채가 예사롭지 않았다. 도적들은 평생 볼 일 없는 명검이었다.

'심상치 않아. 손으로 문짝을 뜯어냈어.'

도적들이 먼저 덤벼들 생각을 하지 못했다. 오히려 위압감에 밀려 뒷걸음질 쳤다.

"오늘도 피를 흘려 열심히 일하시는 제군들……."

유릭이 입을 열었다. 그의 목소리에는 분노가 깔려 있었다.

"……폐업할 시간이 왔다."

좁은 집 안에서의 전투였다. 다섯 명의 도적이 거리를 확보하려고 움직여 봤지만 이리저리 치여서 자리를 제대로 잡지 못했다.

콰당!

유릭이 탁자를 들어서 내던졌다. 탁자로 도적들의 시야가 가린 유릭은 빠르게 칼을 휘둘렀다.

"흡!"

유릭과 가장 가까이 붙어 있던 도적이 첫 번째 표적이었다. 도적이 자신의 칼날을 들어서 방어를 시도했다.

카아아앙!

무기의 질과 힘의 차이가 확연했다. 유릭은 가뿐하게 도적의 칼날을 쳐 내며 그대로 도적의 쇄골부터 옆구리까지 베었다. 인간이 말 그대로 쪼개졌다.

"끄어어어!"

몸이 갈린 도적이 비명을 지르며 쓰러졌다. 그가 쏟아낸 핏물이 바닥에 고였다.

철퍽.

유릭이 다음 표적을 찾아서 눈을 부라렸다.

"히이이익!"

도적들은 기세에서 이미 눌렸다. 수적 우위를 전혀 살리지 못한 채 한 명씩 유릭에게 잡혀 죽어갔다.

"오오오!"

유릭이 고함을 지르며 도끼를 휘둘렀다. 그의 도끼가 망치처럼 상대의 두개골을 박살 냈다.

전사에게 자애는 사치스러운 말이다. 전사는 상대에 대한 공감이나 자비가 없어야 한다. 상대의 고통을 이해하는 사람은 결코 일류 전사가 되지 못한다. 적에게 어떤 사정이나 사연이 있든 간에 서슴없이 목숨을 뺏을 수 있어야 한다. 전사의 근본은 자비와 사랑이 아니라 증오와 분노다.

까드드득!

유릭이 도적의 머리를 잡고 벽난로 안으로 집어넣었다.

"카아아아아악!"

도적의 머리통에 불이 붙었다. 발버둥 치지만 유릭은 도적이 죽을 때까지 벽난로에서 팔을 빼지 않았다.

"후우우."

유릭이 화상으로 얼룩진 손가락과 그슬린 팔을 빼내며 남은 도적들을 쳐다봤다. 도적들은 전의를 잃고 도망가려 했다.

"읏차."

유릭이 벽난로 옆에 있는 부지깽이를 잡아서 힘껏 던졌다. 도망가던 도적 하나가 부지깽이에 찔렸다. 뒤통수를 관통한 부지깽이가 입 밖으로 튀어나왔다.

"남은 놈은 하나."

유릭이 배를 감싸며 중얼거렸다. 그의 복부에 핏빛 선이 선명했다. 조금 무리했더니 상처가 벌어질 것 같았다.

"괴, 괴물이야."

도적이 뒷걸음질 쳤다. 동료들이 하나둘씩 죽는 걸 봤다. 폭력의 수준이 달랐다. 그도 도적질을 하면서 어지간히 잔혹한 짓을 많이 했지만, 지금 사내가 보여준 잔혹성은 말도 못 할 정도였다. 사람을 사람으로 보지 않았다.

'도망가야 돼.'

도적이 창문 쪽으로 달렸다. 창문을 뛰어넘어서 도망가려 했다.

꾸욱.

유릭이 발을 크게 내디뎌 도적의 다리를 잡았다.

쿵!

도적은 다리가 잡힌 채로 포대 자루처럼 바닥에 처박혔다. 유릭이 몇 번이나 도적을 위로 들었다가 아래로 내던졌다.

"꺼어어어."

도적의 골반과 다리 관절이 빠져서 잡힌 다리가 흐느적이며 더 길어졌다. 도적은 비명을 지르다가 땅바닥에 한 번 더 처박혔다. 땅바닥에 부딪힌 앞니가 우수수 부러졌다. 머릿속에서 천둥이 치는 듯했다.

우득.

마지막으로 유릭이 도적의 발목을 잡아서 비틀었다. 발목이 반대 방향으로 꺾였다.

"꺼억, 꺼억."

몸성히 살아 있는 도적은 없었다. 죄다 어디가 부러졌거나 죽기 직전이었다.

"제기랄."

유릭이 복부에서 흐르는 피를 바라봤다. 나아가던 상처가 조금 터져서 피가 뚝뚝 떨어졌다.

"이봐…… 아니, 됐어."

유릭은 구석에 움츠러든 식구들을 바라보다가 말을 말았다. 그들의 얼굴은 새파랬다. 유릭을 두려워하며 떨고 있었다. 그들을 구원한 존재는 결코 멋있지도 않았고 신성하지도 않았다. 자비심 없는 냉혹한 폭력이 그들을 구했다.

질질.

유릭이 쓰러진 도적들을 집 밖으로 꺼냈다.

"크허어억, 살려……."

유릭은 아직 살아 있는 도적들의 목을 찔러서 숨통을 확실히 끊었다. 닭의 목을 비틀 듯 무덤덤한 동작이었다.

"나도 돕겠네."

얼굴이 부어오른 게스가 비틀거리며 나왔다. 유릭은 고개를 끄덕이며 시체를 한곳으로 모았다.

"내가 기절한 사이에 엄청난 짓을 저질렀나 보군. 그 드센 내 마누라조차 겁을 집어먹었어. 지금까지 받은 금화를 토해내야 하는 게 아닌지 걱정하더군."

"됐어. 잔돈이 없어서 금화를 준 거니까."

"우리 가족의 반응을 이해해 주게. 이렇게 사람이 죽는 건 처음 봤거든."

게스가 뒤를 힐끗 보며 말했다. 그의 가족들은 유릭을 두려워했다.

"댁은 별로 두려워하지 않는 것 같군."

"젊었을 적에 징집병으로 두 번 끌려간 적이 있어. 둘 다 영주들의 영토 분쟁이었지. 살기 위해서 내장이 튀어나온 시체들 밑에 숨었던 적도 있네."

게스가 차분히 말했다. 유릭은 도적들의 시체를 한곳에 모아두곤 땀을 닦았다.

"시체는 어떻게 처리할 거지? 산에다 버리고 올 건가?"

풍장이나 매장은 태양교 신자에게는 끔찍한 일이다. 화장하지 않으면 영혼은 루에게 가지 못한다.

게스가 고개를 저었다.

"……아니, 화장할 거네."

유릭의 동공이 커졌다.

"화장한다고? 딸과 마누라를 겁탈하려 했던 놈들이잖아, 제정신이야?"

"그 죗값은 죽음으로 갚았지. 자네는 분명 루께서 보낸 심판자인 거지."

게스가 게슴츠레하게 눈을 뜨며 말했다. 그는 유릭이 엄청난 수준의 전사라는 걸 알았다. 유릭은 혼자서 도적을 모두 쓸었다. 그런 수준의 전사가 우연히 여길 방문했다고 믿지 않았다.

'루의 계시인 거다.'

게스가 루의 이름을 읊조리며 기도했다.

"헛소리. 난 루와 상관없어."

유릭이 나무둥치에 앉았다.

"나는 루의 가르침을 따르는 것뿐이네. 내가 베푼 자비는 훗날 다시 돌아올 걸세. 루께서 알아주시겠지."

게스가 장작을 쌓고 기름을 부었다. 그 위에 도적들의 시체를 올린 채로 불을 붙였다.

타닥, 타닥.

사람이 타는 냄새가 났다. 사람이라고 생각하지 않으면 다른 고기 타는 냄새와 다를 바 없었다.

유릭은 게스의 얼굴을 바라봤다. 부어오른 얼굴이지만 눈동자는 편해 보였다.

"덕분에 내 아들이 기사가 되겠다고 설치지 않겠군. 사람의 목숨을 뺏는 싸움이 어떤 건지 봤으니까. 그 나이 또래는 모두 자기가 대단한 사람이 될 거라 착각하거든. 어느 날 갑자기 소한 마리를 훔쳐서 칼과 바꾼 뒤에 집을 훌쩍 떠나곤 하지. 다들 농사지을 땅이 있다는 것만으로도 행복한 거란 걸 뒤늦게 깨닫거든."

게스가 터진 입술로 웃었다.

유릭과 게스는 시체가 타오르는 걸 보며 이야기를 했다. 별거 아닌 말들이 오갔다. 새벽이 밝아오자 시체도 거의 다 타올라서 불씨만 이따금 튀어 올랐다.

게스가 졸고 있는 유릭의 어깨를 쳤다. 유릭과 게스는 집 안으로 들어갔다.

"아, 아."

피로 물든 집 안을 청소하던 소녀가 유릭을 보며 말을 더듬었다.

게스가 엄한 얼굴로 소녀를 바라봤다.

"똑바로 인사하거라. 우리의 은인이시다."

소녀가 가슴을 쓸어내리며 목청을 가다듬었다.

"구, 구해주셔서 감사합니다."

그제야 게스가 흡족하게 고개를 끄덕였다.

유릭은 아침 식사를 하곤 침대에 누웠다. 다른 이들은 식욕이 없었지만 유릭은 왕성하게 빵과 고기를 먹어치웠다.

식사 이후, 침대에 누워 있으니 부인이 깨끗한 천을 가져와 유릭의 상처에 덮댔다.

“여기 금화.”

유릭이 사례의 뜻으로 평소처럼 금화 하나를 꺼냈다. 부인은 말없이 고개를 저으며 방을 나갔다.

게스의 식구들은 더 이상 돈을 받지 않고 유릭이 머무는 동안 편의를 최대한 봐줬다. 유릭은 여기서 사흘을 더 머물렀다.

“곧 떠나신다고 들었어요.”

게스의 딸이 유릭의 방으로 들어오며 말했다.

“갈 길이 머니까. 걸어 다닐 만하면 바로 움직여야지.”

“그런가요. 이건… 곧 겨울인데, 필요할 것 같아서 드릴게요.”

소녀가 양모로 뜨개질할 목도리를 내밀었다. 면적이 넓고 길어서 유릭의 목과 어깨를 감싸기에 충분했다. 소녀는 그간 잠을 많이 자지 못했는지 눈가가 피곤해 보였다.

“여자한테 싸대기 말고 다른 걸 받아보는 건 처음인 것 같군.”

유릭이 중얼거렸다. 그 말을 들은 소녀가 어깨를 들썩이며 맑게 웃었다.

유릭은 어설프게 목도리를 목과 어깨에 감았다. 좀처럼 목도리가 자리를 잡지 못했다. 보다 못한 소녀가 유릭의 등 뒤로 다가왔다.

“이렇게 감아서 고정하면 돼요.”

유릭이 목도리를 매만졌다. 푹신한 감각이 썩 나쁘지 않았다. 곤두선 감각마저 뭉글뭉글해지는 기분이었다.

"흰색이군. 금방 피로 얼룩질 거야."

유릭은 자신의 미래를 말했다.

"염색까지 할 시간은 없었어요."

"피가 묻지 않도록 아껴 쓸게."

유릭이 소녀의 머리를 쓰다듬으려다가 말았다. 소녀가 움찔하는 걸 봤기 때문이었다.

"저기……."

소녀가 문을 나가기 전에 뒤를 한 번 더 돌아봤다. 유릭이 목도리를 매만지다가 고개를 들었다.

"왜?"

"저, 저는 많이 먹고 가슴이 큰 여자가 될 거예요."

소녀가 문을 황급히 닫고 나갔다. 유릭이 웃었다.

Chapter 9

유릭은 킬리오스를 타고 농가를 떠났다. 게스의 식구들이 그를 배웅했다. 누가 뭐래도 유릭은 그들의 은인이었다. 일가를 구한 거나 마찬가지였다. 그들에게는 그 어떤 왕이나 기사보다 더 대단한 영웅이 유릭이었다.

"가자, 킬리오스. 그사이에 살이 찐 거냐?"

유릭이 킬리오스의 옆구리를 툭툭 차며 말했다. 킬리오스가 콧김을 푸륵푸륵 뿜었다.

가는 길은 고르는 건 어렵지 않았다. 길이 난 곳을 따라 무작정 북쪽으로 올라갔다. 북부로 올라가다 보면 뭔가가 나올 터였다.

따각, 따각.

여행은 어렵지 않았다.

유릭은 부유한 여행자였고 자급자족도 가능한 생존 전문가였다. 산을 만나면 며칠 동안 산을 넘으며 야영과 사냥을 했고, 마을을 발견하면 넉넉하게 보급을 한 뒤에 출발했다.

"춥군. 목도리 덕을 단단히 보는걸."

유일한 어려움은 추위였다. 북부로 올라갈수록 겨울이 혹독했다. 유릭의 고향은 날씨가 후더운 편이라 추위 걱정은 없었었다. 강건한 유릭조차 추위만큼은 그냥 넘기지 못했다.

"워, 워. 저기 뭔가 있는데?"

유릭은 풀이 낮은 초원에 도착했다. 날씨가 춥고 습해서 얼굴에 서리가 끼는 기분이었다. 유릭은 얼굴을 대충 비벼서 열을 냈다.

얼굴을 녹인 유릭은 눈을 크게 뜨고 전방을 쳐다봤다.

'누군가 쓰러져 있군.'

유릭이 킬리오스를 근처에 묶어두곤 움직였다. 모피 망토를 두른 여행자가 길바닥에 누워 있었다.

'죽었으면 식량이라도 챙겨 가야지.'

마을을 지나친 지 보름이 넘어서 먹을 게 슬슬 떨어졌다.

"어라?"

유릭이 눈을 비볐다.

"북부인인가?"

무기 양식이 낯익었다. 등에 짊어진 원형방패와 양손용 양

날도끼가 보였다.

“스벤이 똑같은 무기를 들고 다녔지. 지금쯤 뭐 하고 있을까?”

쓰러진 여행자로 발로 밀어서 뒤집었다.

“……여기 있네.”

유릭이 떨떠름하게 중얼거렸다. 쓰러진 여행자는 안색이 창백한 스벤이었다.

‘살아 있어.’

유릭은 스벤이 숨을 쉬는지 확인했다. 숨이 불규칙하고 느렸다.

‘빨리 붙어라.’

유릭이 재빨리 마른 장작과 낙엽을 모았다. 그는 부싯돌로 철편을 긁어서 불똥을 만들었다. 몇 번의 시행착오 끝에 모닥불을 만들었다.

“이봐, 영감.”

스벤이 좀처럼 깨어나지 않았다. 유릭은 스벤의 입과 앞섶을 바라봤다. 입술과 앞섶에 피가 묻어 있었다.

‘내장을 다친 건가?’

하지만 싸움의 흔적은 없었다. 도적에게 당한 거라면 갑옷과 무기도 뺏겼어야 한다.

“병든 거로군, 스벤.”

유릭이 쓰게 웃었다. 그는 산에서 구한 약초와 육포를 냄비에 넣고 끓여 고깃국을 만들었다.

"쭈욱 들이켜라고."

스벤은 좀처럼 음식을 삼키지 못했다. 입가로 음식이 흘러나와 수염에 덕지덕지 묻었다.

"하아, 이런 짓까지 해야 하나."

유릭이 아직도 질긴 육포를 질겅질겅 씹어서 부드럽게 만들었다. 그걸 다시 국물에 넣어서 잘 휘저었다.

"읍."

유릭이 국물과 고기를 입안에 머금고 스벤의 입을 벌렸다. 어미 새가 새끼에게 음식을 먹이듯 고깃국을 전달했다.

"후우."

유릭이 몇 번 반복하더니 입안을 물로 씻어내고 침을 여러 번 뱉었다.

"퉷, 퉷. 살다 살다 별짓을 다 해보네."

유릭은 혀를 내두르며 인상을 찌푸렸다. 그의 노고가 효과가 있었는지 스벤은 음식을 흘리지 않고 삼켰다.

유릭이 모닥불 옆에서 꾸벅꾸벅 졸았다.

스벤이 깨어나든 이대로 죽든 그건 그의 운명이었다. 유릭이 관여할 바가 아니었다. 그는 그저 최선을 다했을 뿐이다.

아침이 되자 스벤이 벌떡 상체를 들어 올리며 땅을 더듬었다. 무기를 찾는 듯했다. 도끼를 찾은 그는 그제야 안심하며 주변을 둘러봤다.

"유릭! 울가로가 우리를 이끈 것 같군. 오! 울가로여!"

정신을 차린 스벤이 처음 내뱉은 말이었다. 그는 팔을 벌리며 울가로에게 감사의 인사를 했다.

"널 살린 건 울가로가 아니고 나라고, 이 영감탱이야."

유릭이 무거운 눈꺼풀을 들어 올리며 불만을 터트렸다.

"내가 얼마나 쓰러져 있었지?"

스벤이 자신의 장비를 하나둘씩 점검하며 말했다. 쓰러진 동안 없어진 물건은 없었다.

'운이 좋았군, 나를 발견한 사람이 유릭이라니.'

다른 여행객을 만났어도 장비가 털렸을 것이고 도적이라면 말할 것도 없다. 인신매매하는 놈들이라도 만났다간 바로 노예행이다.

"얼마나 누워 있었는지는 나도 모르지. 그나저나 언제부터 몸이 안 좋았어?"

"내전 시작 때부터 기침이 심해지더군. 평생 감기 한 번 걸리지 않았는데 이상하다 싶었지. 크흐흐."

스벤이 숨을 헐떡이며 웃었다. 숨을 쉬는 게 꽤나 괴로운 듯했다.

"죽을병인 것 같아?"

유릭이 나뭇가지로 모닥불을 뒤적이며 물었다.

"기침에 피가 섞인 걸 보니 얼마 남지 않은 것 같네. 기력이 쇠하고 있지."

"그 몸으로 어딜 가는 거야?"

"자네야말로 어딜 가는 거지? 지금쯤이면 유스칼 영지에서 신나게 먹고 마시고 있을 줄 알았는데 말이지."

"그건 내키지 않아서……. 방탕하게 살면 감이 둔해져. 한 번 그래 본 적이 있거든."

유릭이 눈을 낮게 뜨며 꺼져 가는 모닥불을 바라봤다. 그의 속눈썹이 깜빡였다.

"자넨 젊네. 주어진 시간이 많다는 거지. 그런 여유를 가져도 누가 뭐라 할 사람은 없어. 끄윽."

스벤이 일어나자마자 술을 마셨다.

"전사는 나이 순서대로 죽지 않잖아. 내가 영감보다 시간이 많을 거라고 누가 장담하겠어?"

"그래서 바로 떠난 건가?"

"그래, 일단은 북쪽으로 가고 있었지. 영감은?"

"나도 북쪽으로 가는 중이었네."

스벤이 북쪽을 쳐다보며 말했다. 날이 밝아왔지만 아직도 푸르스름한 하늘에는 달이 떠 있었다.

"다른 북부인은? 병든 영감을 혼자 보낸 거야?"

“우리에겐 병든 전사를 보살피는 풍습은 없네. 죽을 때가 되면 조용히 무리를 떠나는 거지.”

“잔혹하군.”

유릭이 솔직한 심정으로 말했다. 그의 부족에서는 여유가 있는 한 노인들을 돌봤다. 하지만 지독한 기근이 찾아오면 노인들이 자기 발로 부족을 떠나곤 했다.

“북부 어디까지 가려는 거지?”

“내 다리로 갈 수 있는 곳까지.”

그 말을 들은 스벤이 술이 담긴 가죽 물통을 건네며 웃었다.

“크하핫. 과연 자네가 어디까지 갈 수 있을까?”

“영감은 이렇게 떠돌다 죽을 셈이었어? 길바닥에서 객사하면 검의 언덕으로 못 가잖아.”

스벤은 대답하지 않고 머뭇거렸다. 그가 평소답지 않게 횡설수설했다.

“죽기 전에 보고 싶은 사람이 있었네. 내게 이런 기회가 올 줄은 몰랐지. 검투사로 죽거나 용병으로 죽을 줄 알았는데 말이야. 늙어서 그런 건지, 아니면 죽음이 멀지 않아 생각나는 건지…….”

“남은 가족이 있군.”

“…그래, 부인은 병으로 죽고 내 아들은 싸우다 죽었지만, 내 딸은 다른 씨족에 시집을 갔었지. 살아만 있다면 지금쯤 아이를 낳고 키우고 있겠지."

"손주 구경하러 가는 거야?"

스벤은 헛기침을 하며 말을 삼갔다. 전사로서 부끄러운 듯했다.

"하여튼 나는 북부로 갈 거네."

유릭이 물끄러미 스벤을 쳐다보며 머리를 긁적였다.

"일단은 가는 길이 같으니 같이 가자고."

유릭의 제안을 거절할 이유는 없었다. 스벤은 내색하진 않았지만, 자신이 갑자기 쓰러졌다는 사실에 충격을 받았었다.

'검의 언덕으로 가지 못하는 건가.'

병들어 죽은 자에게 안식은 없다.

쿵, 쿵, 쿵.

스벤이 유릭의 등을 쳐다봤다. 도끼를 쥔 손에 힘이 들어갔다. 그는 당장이라도 유릭과 싸우고 싶었다.

뛰어난 전사의 손에 죽어 검의 언덕으로 가리라!

그게 전사의 본능이자 바람이었다.

'아버지.'

환청이 들리는 듯했다. 눈앞에서는 딸의 얼굴이 아른아른했다. 그의 마지막 혈육이었다. 죽음을 앞두고서야 그 아이가 생각났다. 한심하게도 이제 와서야 그 아이가 보고 싶었다. 전사의 본능 못지않게 강렬한 욕망이었다.

"쿨럭."

스벤이 기침을 했다. 목구멍까지 올라온 피를 삼켰다.

'적어도 딸아이를 볼 때까지라도.'

몸이 버티길 간절히 바라며 스벤은 고개를 들었다. 멀지 않은 곳에서 스벤을 버리고 도망갔던 말을 발견했다.

출발 준비를 끝낸 유릭과 스벤은 북쪽으로 향했다.

유릭은 스벤과 북부까지 동행하며 이런저런 이야기를 들었다. 야만 전사 두 명은 별다른 사고 없이 무사히 북부의 밑까지 올라갔다.

북부는 문명인들에게 공포이자 정복해야 할 대상이었다. 북부인들은 문명의 침략에도 굴하지 않고 10년을 버티며 저항했다. 어느 집안이든 북부인에게 죽은 아들이 하나씩은 있을 정도였다.

"북부 깊숙이 얼어붙은 땅으로 가면 아직도 제국에 굴하지 않은 북부인들이 살고 있지. 성지를 비롯해서 말이야."

"성지?"

"울가로의 무덤을 말하는 거지. '뮬린'이라고도 부르네. 북부어로 묘지라는 뜻이지. 나도 어린 시절 아버지를 따라 뮬린까지 순례를 간 적이 있었네."

스벤이 고요한 눈동자를 들어 올렸다.

산세가 기울어지면서 굽이진 능선이 보였다. 능선에 올라선 유릭과 스벤은 말을 잠시 멈췄다.

"하얗군."

유릭이 눈을 가늘게 뜨며 말했다. 거친 북풍이 그의 머리카락을 쓸어갔다. 유릭은 목도리를 코까지 끌어 올리며 숨을 크게 내쉬었다. 입김이 목도리 사이로 빠져나왔다.

능선에서 바라본 지평선은 새하 다. 누군가가 여기서부터 북부라고 하얀색 선을 그은 듯했다.

"저기가 북부네. 이쯤이면 야브호른이겠군."

스벤이 웃었다. 고향의 땅에 드디어 돌아온 셈이었다.

"다신 오지 못할 거라 생각했네……."

스벤이 말고삐를 잡아당겼다. 그는 서둘러 능선을 내려갔다. 유릭도 스벤의 뒤를 따라갔다.

사박, 사박.

말굽이 푹푹 들어갈 정도로 눈이 쌓여 있었다. 북부의 겨울은 눈이 녹을 틈이 없었다. 한번 쌓인 눈은 초여름까지 녹지 않았다.

저 멀리 눈이 쌓인 성벽이 보였다. 사람들이 오가는 도로에만 눈이 녹아 있었다. 모피 옷을 입은 사람들이 유릭과 스벤을 힐끗힐끗 쳐다봤다.

“거기 정지.”

성문 근처를 오가던 제국 병사들이 스벤과 유릭을 가로막으며 불러 세웠다. 스벤이 이맛살을 찌푸렸다. 자신의 고향 땅에 돌아가는 것도 침략자의 검문을 받아야 했다.

“고향으로 돌아가는 길이오.”

스벤이 말했다.

“제국어가 능숙하군. 옆에는 아들인가?”

“함께 다니는 동료요.”

“흐음, 둘 다 전사 같은데, 뮬린에 합류라도 할 셈인가? 통행증은?”

“언제부터 통행증이 필요했단 말이요. 자유인은 어디든 갈 수 있지.”

“어디든 갈 수는 있지. 하지만 성벽 안은 아니야.”

스벤의 언성이 점점 높아졌다. 제국 병사는 좀처럼 스벤을 들여보내지 않았다. 집요하게 이런저런 걸 캐물었다.

“스벤, 이러다가 안에 들어가지도 못하겠는데? 그냥 옆으로 돌아서 지나치자고.”

“여기서 보급은 받아야 되네, 유릭. 북부는 아무 준비도 없이 돌아다닐 곳이 아니야. 말도 버티지 못할 걸세.”

유릭은 입을 다물었다. 북부는 스벤이 더 잘 안다.

제국의 통치 아래에 있는 북부의 땅, 그곳을 제국령 북부라고 불렀다. 황제가 직접 임명한 총독과 군단이 북부를 다스린다.

"우리들도 난감하다고, 이렇게 다짜고짜 들여보내 달라고 하면 어떡해?"

투닥거리던 제국 병사가 짜증을 냈다.

"언제부터 이 땅의 주인이 당신들이었지? 북부인이 북부의 땅을 돌아다니는데 당신들의 허가가 왜 필요한가?"

스벤이 으르렁거리자 제국 병사들의 표정도 변했다. 뒤에 있던 병사들이 칼자루에 손을 가져가 댔다.

"그야 전쟁에서 패했으니까."

제국 병사가 날카롭게 말했다.

스벤의 손이 부들부들 떨렸다. 그는 필사적으로 분노를 참고 있었다. 여기서 싸워봐야 아무런 의미가 없었다.

"스벤."

유릭이 스벤의 이름을 나직이 불렀다. 유릭은 냉정하게 주변을 둘러봤다. 그들을 도와줄 사람은 아무도 없었다.

"여기서 이렇게 소란을 피우지 맙시다."

갑자기 북부인 사냥꾼 한 명이 스벤과 병사 사이에 끼어들었다. 모피를 잔뜩 껴입은 사내였다.

"소란을 피울 생각은 없소."

스벤이 대꾸했다.

“왜 성벽 안으로 들어가려고 하는 겁니까?”

“갈 길이 먼데 보급이 필요하오.”

“그렇다면 밖에서 야영을 하고 있으면 제가 사 오겠습니다. 필요한 게 있으면 말하십쇼.”

듣던 중 반가운 소리였다. 스벤이 눈을 크게 뜨며 고개를 끄덕였다. 더 이상 병사와 말싸움을 하는 것도 지겨웠다.

사냥꾼은 스벤에게서 금화를 받아 챙기곤 필요한 보급품이 뭔지 몇 번이나 다시 확인하면서 꼼꼼하게 새겨들었다.

“고맙소.”

스벤이 고개를 짧게 숙였다.

“우린 다 같은 울가로의 자손이지 않습니까. 내일 날이 저물기 전에 오겠습니다.”

사냥꾼이 성벽 안으로 들어갔다.

“보았나? 유릭. 이게 북부인의 정신이지. 우린 모두 형제이며 다들 돕고 사는 거네.”

스벤이 수염을 매만지며 말했다.

스벤과 유릭은 도로 옆에서 야영을 했다. 눈서리를 머금은 바람이 몹시도 차가웠다. 유릭은 모닥불에 바짝 붙은 채로 모피 망토를 꽁꽁 여몄다.

“더럽게 춥군.”

"앞으로 더 추워질 걸세. 쿨럭. 그래도 내일 이런저런 보급품을 받는다면 밤을 보내는 게 더 수월하겠지."

유릭이 스벤을 흘겨봤다. 스벤의 건강이 걱정이었다.

'아무리 북부인이라지만 스벤은 환자야. 되도록이면 야영은 피하는 게 좋아.'

추위로 떨던 밤이 지나고 날이 밝았다. 유릭과 스벤은 뻐근한 눈꺼풀을 뜨며 성벽 바깥에서 오가는 사람들을 구경했다.

"제국의 상인들이 많이 지나다니는군."

유릭이 하품을 하며 말했다.

"북부의 주 수입 중 하나가 모피니까 말이지. 북부에서 질 좋은 모피를 값싸게 산 뒤에 제국에서는 비싸게 파는 거지. 제국 상인에게는 많이 남는 장사일 거네."

"아, 들은 적이 있어."

유릭과 스벤은 도로변에 앉아서 궁상맞게 잡탕죽을 끓여 먹었다.

성벽 근처에 서 있던 제국 병사들이 혀를 차며 유릭과 스벤을 바라봤다.

"어쩐지 우릴 비웃는 것 같지 않아? 확 때려주고 올까?"

유릭이 잡탕죽을 후르륵 마시며 말했다.

"됐네. 곧 떠날 건데, 사고를 일으키지 마."

스벤이 고개를 저으며 성문을 바라봤다. 슬슬 보급품을 부탁한 사냥꾼이 올 때가 되었다.

끼이이익.

한참을 기다렸다. 날이 저물고 통행 금지령이 떨어졌다. 성문이 닫히는 걸 확인한 유릭과 스벤은 말없이 한숨을 쉬었다.

"당했군."

스벤이 씁쓸하게 말했다. 같은 북부인에게 사기를 당했다. 과거에는 있을 수 없는 일이었다. 씨족 단위로 살던 시절에는 사기를 친다는 것 자체가 불가능했다. 서로가 다들 친인척 관계였기 때문이다.

"북부인의 정신? 돕고 살아? 하핫."

유릭이 쾌활하게 웃었다. 그가 스벤의 등을 툭툭 쳤다. 스벤의 어깨가 축 처졌다.

'그깟 돈 몇 푼은 별거 아니지.'

하지만 그들은 전사다. 돈보다 중요한 건 자존심과 명예다. 특히나 스벤은 크게 상심한 듯 멍하니 성벽을 바라봤다.

유릭과 스벤은 인내심을 가지고 다음 날도 성문 근처에서 기다렸다. 오가는 사람들을 주시했다. 당연하게도 그들을 속인 사냥꾼의 그림자도 보이지 않았다. 어쩌면 다른 통로를 통해 도망갔을지도 모른다.

"어쩌다 북부인이 서로를 기만하게 되었는지……."

스벤이 마지막 술 한 방울까지 혓바닥에 탈탈 털며 말했다.

성문을 지키는 제국 병사들은 유릭과 스벤을 구경했다. 그들은 유릭과 스벤이 사기를 당했다는 걸 빤히 알았다.

"언제까지 버틸까?"

"내일 떠난다에 5만 씰을 걸지."

제국 병사들은 유릭과 스벤이 언제까지 버틸 것인가 내기를 했다.

"저기 저 부랑자들은 누군가?"

"아, 수비대장님."

"대장이 아니라 그레모르 경이라고 부르게. 그게 더 좋으니까."

"알겠습니다, 그레모르 경."

얼마 전에 부임한 수비대장이었다. 부임한 지 얼마 되지 않은 사람들이 다들 그러하듯 그레모르도 꼼꼼하게 병사들의 기강을 잡았다.

"성벽 근처에서 저런 자들이 몇 날 며칠 야영하게 둘 순 없지. 이곳의 치안은 황제폐하의 이름으로 우리가 지키는 거네!"

그레모르가 눈총을 주며 말했다.

"당장 쫓아내겠습니다."

"아니, 내가 직접 내려가지."

그레모르가 병사 네 명을 지명해 차출했다. 그는 성문 아래로 내려가 스벤과 유릭에게 접근했다.

‘기사라면 솔선수범해야지.’

그레모르는 남을 부리기보다 직접 행동하는 걸 좋아했다. 자신이 열심히 하면 아랫사람이 알아서 따라온다는 생각이었다.

“이번 수비대장은 피곤한 사람이야.”

“수도에서 온 깍쟁이들이 다 그렇지, 뭐.’

제국 병사들이 뒤에서 속삭였다.

그레모르가 스벤과 유릭 앞으로 성큼성큼 걸어갔다.

“무슨 일이오?”

스벤이 물었다.

“나는 수비대장이오. 당신들이 성문 근처에서 서성이는 걸 며칠 동안 봤…… 으음.”

그레모르가 말을 하다가 말았다. 그가 유릭을 빤히 쳐다봤다.

“뭘 봐?”

유릭이 차갑게 대꾸했다.

그레모르는 턱을 괴며 생각하더니 조심스레 물었다.

“유릭?”

그가 유릭을 알아봤다. 유릭이 고개를 갸웃했다.

“…갑옷 파괴자!”

그레모르가 탄성을 내지르듯 말했다.

“날 알아?”

유릭이 그레모르의 얼굴을 바라봤다. 유릭은 사람의 얼굴을 잘 기억하는 편이었지만 그레모르를 본 적은 없었다.

"알다마다! 여기서 이럴 게 아니라, 안으로 들어오시오!"

그레모르가 호쾌하게 말하며 손짓을 했다. 그 뒤에 있던 병사들만 영문 모를 표정으로 서 있었다.

"일단은 들어가세."

스벤이 유릭의 옆구리를 찌르며 말했다. 유릭은 그레모르를 따라 성벽 안으로 들어왔다.

"야브호른은 북부의 변두리 요충지 중 하나요. 문명과 북부를 연결하는 역할을 하지. 여기 오기 전에 제국 수도에서 통행증을 발급받으면 될 텐데 굳이 번거롭게 구셨구려. 당신의 명성 정도라면 어렵지 않게 얻었을 텐데 말이오."

그레모르가 영내에 위치한 자신의 저택으로 향했다.

"포를카나에서 바로 올라왔거든."

"아아, 그나저나 포를카나의 내전은 끝났소? 왕자가 유리하다는 전황까지는 들었는데, 그 뒤로 이쪽으로 발령을 받았는지라 소식이 깜깜하오."

"왕자가 이겼어. 얼마 전에 대관식도 끝냈지."

"하기야 제국군이 옆에 붙었는데 반란군 따위가 왕좌를 어찌 넘보겠소."

그레모르가 웃었다. 그는 저택의 하인을 보자마자 손님 대접을 하라 일렀다.

"들어가지 못하나 고민했는데, 덕분에 쉽게 들어왔군."

"난 이곳의 수비대장이오. 내가 신원을 보장한다면 누구도 막지 못할 거요. 일단 몸부터 녹이시오."

그레모르가 손짓하자 하인이 따뜻하게 데운 꿀물을 가져왔다.

유릭과 스벤이 온기를 느끼며 꿀물을 마셨다. 야영으로 절은 몸에 꿀물이 들어가자 절로 웃음이 나왔다.

유릭이 끈적한 입술을 손등으로 닦으며 물었다.

"날 어디서 본 거지? 마상창시합?"

"결투 재판할 때부터 봤지만 이런 데서 만날 줄은 상상도 못 했소."

그레모르가 턱을 괴며 유릭을 응시했다.

"환영해 주니 나야 고맙지."

"이곳에 있는 동안 편하게 지내시오. 내 하인들이 나를 대하는 것처럼 극진히 모실 테니까. 그럼, 업무가 끝나지 않아서 이만."

그레모르가 먼저 자리를 떴다.

유릭과 스벤이 간만에 따뜻한 정찬을 먹었다. 빵과 고기, 그리고 몸을 따뜻하게 할 국물 요리와 술도 마셨다.

"방이 준비되었습니다."

식사가 끝나자 하인이 유릭을 데리러 왔다.

"아니, 우린 외출을 할 거야."

유릭이 하인의 안내를 거절하며 말했다.

"안내가 필요하십니까?"

유릭이 스벤을 바라봤다. 스벤이 고개를 끄덕였다.

"그럼 안내를 붙여줘."

유릭과 스벤은 잠시 앉아 있다가 밖으로 나갔다. 밖에는 병사 한 명이 기다리고 있었다.

'제길, 이제 비번인데 이게 무슨…….'

북부는 언제나 인력이 부족했다. 병사는 이맛살을 찌푸리며 유릭을 바라봤다.

'성벽 밖에 있던 비렁뱅이가 수비대장과 아는 사이라고? 참 나.'

병사도 유릭과 스벤을 며칠 동안 지켜본 사람 중 하나였다.

"우린 사람을 찾고 있어."

유릭이 모피 망토를 여미며 말했다.

"문명의 도시에 비하면 보잘것없지만 야브호른은 북부에서도 손에 꼽히는 도시입니다. 특히 교역이 활발해서 사람을 찾기가 쉽지 않을 겁니다."

병사가 툴툴거리듯 말했다. 유릭과 스벤 때문에 오후 휴식이 몽땅 날아갔다. 기분이 좋을 리가 없었다.

"사람만 찾아준다면 사례를 하지. 일급으로 나쁘진 않을 거야."

유릭이 금화를 꺼내며 말했다. 금화를 받은 병사가 황급히 표정을 바꿨다.

"사람을 찾는 게 쉽지는 않지만 최선을 다하겠습니다. 맡겨만 주시죠."

"차림새는 사냥꾼이었어……."

유릭은 돈을 떼먹은 사기꾼의 생김새를 말했다.

"전형적인 북부인 사냥꾼이군요. 이미 야브호른을 빠져나갔다면 찾기 힘들겠지만 만약 아직도 여기에 있다면 유흥을 즐기고 있을 겁니다. 돈이 생긴 북부인이 할 일이란 뻔하죠, 뭐."

병사의 말에 스벤이 눈을 찌푸렸다. 유릭은 스벤을 제지했다.

"일단 따라오시죠."

유릭과 스벤은 병사의 안내를 따라 야브호른 시내를 걸었다.

"북부의 땅에 태양 신전이 빤히 세워져 있다니, 맙소사."

스벤이 태양 신전을 보며 중얼거렸다. 신전 입구 위에는 태양 조각이 양각으로 새겨져 있었다.

"융화 정책이 시작된 지도 벌써 십 년이 넘었습니다. 이상할 것도 없지요. 태양 신자가 되면 세금 감면 같은 혜택도 있는지라 많이들 개종하고 있습니다. 막말로 이미 문명권이나 다름없는 야브호른 같은 경계 도시에 살려면 개종하는 게 북부인

입장에서도 편하지 않습니까."

병사가 어깨를 으쓱했다. 스벤은 불편한 심기를 침음으로 드러냈다.

"……뿌리를 잊으면 안 되는 법이거늘."

스벤의 중얼거림은 공허했다. 그 누구도 변화의 물결을 막진 못한다. 패배한 북부인은 문명에 동화되고 있었다.

뎅, 뎅.

종이 울렸다. 해가 저물어 가고 일과를 끝낸 사람들이 하나 둘씩 거리로 나왔다. 태양 신자들은 저녁 감사 예배를 위해 신전으로 들어가고 있었다.

유릭과 스벤은 신전을 지나치며 술집으로 들어갔다. 하루를 마친 사내들이 술을 마시고 있었다.

"원래 여기는 저 같은 제국 병사가 이용하는 술집은 아닙니다. 자칫하다가 성난 북부의 사내에게 두들겨 맞을 수도 있지요. 십 년이 지났다곤 하나, 감정의 골이 쉽게 사라지진 않으니까요."

병사의 말대로 눈초리가 심상치 않았다.

"제국병? 옷도 갈아입지 않고 잘도 여길 왔군."

술집 주인이 말했다.

"당신들이 좋아하는 진정한 북부인을 데려왔습니다. 오늘은 안내역이죠."

병사가 태연하게 말했다. 주변에서 야유가 쏟아지는데도 눈 하나 꿈쩍하지 않았다.

북부에 배치된 제국병의 미래는 둘 중 하나다. 북부인에게 맞아 죽거나, 산전수전 다 겪은 병사가 되든가! 어지간한 배짱으로는 북부에서 버티지 못한다.

"여긴 그래도 북부의 냄새가 나는군."

스벤이 만족스레 말하며 벌꿀술을 주문했다.

"초면이로군. 이름은?"

술집 주인이 물었다.

"스벤."

"너무 흔한 이름인걸. 원래 어디 출신인데?"

"고리간의 스벤."

술집 주인의 손이 멈췄다.

"고리간? 거기 사람들은 동대륙을 찾겠다며 이주했다고 들었는데?"

"폭풍우를 만나 난파했네. 생존자는 몇 없겠지."

"흐음, 역시 동대륙 따윈 없었나……."

동대륙의 존재는 북부인에게도 역사가 아닌 전설이었다.

"고리간을 위해 한잔 돌리겠네."

술집 주인이 그리 말했다. 술집에 있던 다른 북부인들도 잔을 높게 들었다.

"용맹한 탐험가들을 위해!"

"고리간을 위해!"

건배사가 오갔다. 스벤도 조용히 잔을 들었다가 술을 마셨다.

'백수건달들이 꼴값은……'

유릭 옆에 앉은 병사가 조용히 술을 마시며 생각했다. 문명과 북부의 갈등은 오래전에 끝났다. 북부에 남은 전사들은 그저 술과 여자로 하루를 보내는 건달이나 다름없었다.

관리하지 않아 녹슬고 이가 빠진 무기와 두둑하게 나온 뱃살 때문에 그들은 전사로 보이지 않았다. 과거에 취해 인생을 낭비하는 건달들이 밤마다 술집에 모여 불온한 이야기나 지껄였다. 술집의 북부인들은 언젠가 다시 울가로의 이름을 외치며 싸울 거라 다짐하며 술에 찌들어 갔다.

"그나저나 사기꾼을 찾는다고?"

술집 주인이 스벤의 이야기를 다 듣고는 고개를 갸웃했다.

"짚이는 곳이 있나?"

"짚이는 곳이 너무 많아서 탈이지. 북부에는 일자리가 없네. 그 많은 전사가 허송세월을 보내고 있지. 제국 놈들 때문에 약탈도 못 하고 전쟁도 없어. 계집들이야 평화의 시대가 왔다면 재잘거리지만 진정한 북부인에게는 지옥 같은 시대네. 옛날에는 정정당당하게 싸워서 죽이고 뺏었지만, 지금은 사기를 치고 도둑질을 하는 시대가 온 거지."

술집 주인이 넋두리를 했다. 스벤이 삐걱거리는 눈동자로 주변을 둘러봤다.

'전쟁이 없는 시대의 전사라니.'

날카로움을 잊어버린 북부의 전사들이 보였다. 나태로 얼룩진 살덩어리들이다.

"스벤."

유릭이 눈을 옅게 떴다.

"아무래도 찾기 힘든 것 같군, 유릭."

"아니, 찾았어. 저기 구석에 얼굴을 숙이고 있군. 도망갈 기회만 노리고 있는 것 같아. 눈을 그쪽으로 돌리지 마. 한 번에 덮치자고."

스벤과 술집 주인이 이야기하는 동안, 유릭은 술집을 둘러봤다. 그는 흐릿한 얼굴들 가운데 사기꾼을 알아봤다. 고개를 숙이고 술을 홀짝이는 놈이었다.

'주변에 일행도 있어. 다 합쳐서 네 명. 무기를 옆에 두고 있군.'

유릭의 말을 듣던 병사가 당황해했다.

"사, 사고 치시면 안 됩니다. 제, 제가 문책을 받을 겁니다."

"괜찮아. 그레모르는 네가 나를 막지 못한다는 걸 충분히 이해할 거야."

병사가 어처구니가 없어서 입을 벌렸다.

'자기가 뭔데 이래라저래라 하고 있어.'

병사가 보기에 유릭은 그저 덩치 큰 젊은 야만인이었다.

"준비됐어? 스벤."

"내가 오른쪽을 막겠네."

유릭이 고개를 끄덕이며 왼쪽을 바라봤다. 술집의 공간을 읽으며 어디로 움직여야 할지 머릿속으로 그렸다.

쿠당탕!

유릭이 도끼를 뽑으며 왼쪽으로 접근했다. 사기꾼이 소리를 지르며 칼을 뽑았다. 그 옆에 있던 일행도 마찬가지였다.

"싸움이다!"

북부인들이 사방으로 흩어지며 소리를 질렀다. 어떤 이들은 술을 쏟다시피 하며 환호성을 질렀다.

'이놈들 반응이 늦어.'

유릭이 눈동자를 굴리며 적들을 살폈다. 그럴 여유가 충분했다.

'스벤과 용병단의 북부인이 뛰어난 거였나.'

그도 그럴 것이 용병단의 북부인은 스벤이 고른 전사들이다. 그들은 북부인 중에서도 뛰어난 전사들이었다.

스겅!

유릭은 봐줄 생각이 없었다. 단숨에 칼을 휘둘러서 적의 목덜미를 베었다.

“지, 진짜로 죽였는걸?”

술집이 술렁였다. 살인이 일어나는 건 오랜만이었다.

“오오오오!”

스벤은 병자답지 않게 고함을 지르며 한손도끼를 휘둘렀다. 그는 평생을 싸워온 전사다. 전성기에 비하면 기량이 떨어졌으나 기술의 노련함만큼은 죽지 않았다.

유릭이 다음 사람을 찾아 눈을 빛냈다.

“나, 나는 빠지겠어!”

무기를 뽑던 북부인이 손을 위로 들어 올리며 엉거주춤하게 물러났다.

“안녕하신가, 사기꾼 양반.”

유릭이 검면으로 어깨를 툭툭 치며 말했다. 구석에 몰린 사기꾼이 도끼를 뽑아 들었다.

캉!

유릭이 칼을 휘둘렀다. 사기꾼의 도끼가 날아가더니 벽에 처박혔다.

“끄으으.”

사기꾼이 손바닥을 붙잡으며 신음했다. 도끼를 쥐었던 손바닥 가죽이 벗겨졌다.

‘무슨 힘이 이렇게 세.’

상황은 순식간에 끝났다. 유릭과 스벤이 사기꾼을 제압했다.

"이, 이봐! 돈을 돌려줄게! 아니, 두, 두 배로 줄 테니까!"

"필요 없어."

유릭이 칼을 집어넣고 도끼를 뽑았다.

"이자는 내게 거짓말을 하고 돈을 삐돌렸다!"

스벤이 술집의 북부인들을 바라보며 동의를 구하듯 외쳤다.

"거짓말을 하면 혓바닥을 잘라야지!"

"도둑질을 한 거나 마찬가지니 손도 자르라고!"

구경거리가 나왔다는 듯이 신나게 떠들었다.

"잠깐! 그놈이 좀 모자라긴 하지만 내 사촌이오."

사내 한 명이 구경꾼 사이에서 걸어 나왔다. 뺨에 흉터가 짙은 사내였다.

"나, 나 좀 살려줘! 오그날!"

사기꾼이 울먹이며 말했다.

"'웃지 않는' 오그날!"

사람들이 중얼거렸다. 웃지 않는 오그날은 야브호른에서 유명한 전사였다. 얼굴의 흉터가 생긴 뒤로 입꼬리가 올라가지 않아서 항상 화난 듯이 무표정한 사내였다.

'오그날은 위험해. 소문으론 살인 청부를 하고 있다는 말도 있고.'

병사가 움찔했다. 여기서 유릭과 스벤을 죽게 놔두면 안 된다. 그들은 누가 뭐래도 수비대장의 손님이었다.

"제기랄, 대장을 불러와야 되나."

병사가 주변을 살피다가 슬슬 문 쪽으로 걸어갔다.

"내 충분히 배상하겠소, 외지인 양반. 내 사촌을 놓아주시오."

오그날이 으쓱하며 말했다. 그가 손을 들자 사내 세 명이 무기를 들고 나왔다.

"이미 피를 흘렸어. 끝을 봐야지?"

유릭이 사기꾼의 머리채를 잡아서 땅바닥에 찍었다. 사기꾼의 코뼈가 부러졌다.

"바깥에서 힘 좀 썼던 모양인데, 여긴 야브호른이요. 그리고 난 오그날이지. 웃지 않는 오그날이라는 이름을 들으면 이곳 사람들은 알아서 피해 다니지."

오그날이 무표정하게 말했다. 입술도 조금 부자연스럽게 움직였다.

"그 오그날이라는 이름은 얼마나 유명한 거지?"

유릭이 싱글벙글 웃었다.

"야브호른에서 내 이름을 모르는 사람이 없지."

"하하, 그러면 나보다 유명하진 않군. 난 유릭이다."

"그런 이름은 들어본 적도 없소. 피를 흘려야 정신을 차릴 양반이로군."

오그날이 천천히 칼을 뽑았다. 유릭도 다른 한 손을 도끼에 가져다 댔다.

스벤과 유릭을 안내했던 병사는 허겁지겁 술집에서 나왔다. 그는 곧장 수비대장 그레모르를 찾아갔다. 가는 날이 장날이라고 순찰 도는 병사조차 보이지 않았다. 하기야 북부인이 득실거리는 술집으로는 병사들도 순찰을 자주 오지 않는다. 북부인 술집은 일종의 치외법권지대 같은 느낌이라서 어지간해서는 간섭하지 않았다.

그레모르는 막 업무를 끝내고 집무실을 나오던 참이었다.

"무슨 일인가?"

"하아, 하아. 싸, 싸움입니다. 크게 싸움이 벌어졌습니다. 경의 손님으로 왔던 유릭과 스벤이 오그날과 싸움이 붙었습니다."

"그래?"

그레모르는 덤덤하게 말했다. 병사는 답답한 마음에 목청을 높였다.

"그 오그날입니다! 웃지 않는 오그날! 경께서는 부임하신 지 얼마 되지 않아 잘 모르겠지만 무척이나 위험한 놈입니다."

"잘 알고 있네. 살인 청부를 몰래 하고 있다는 소문도 있지. 꼬리만 잡히면 체포할 생각이었어."

"경의 손님이 죽을 수도 있습니다!"

병사가 소리치자 그레모르가 소리 내어 웃었다.

"자네는 내 손님이 누군지 몰라서 그런 소리를 하는 거지. 그 양반이 바로 유릭이네. 수도에서 한때 이름이 자자했던 전사지."

"네?"

"하멜의 마상창시합 우승자이며, 그전에는 갑옷 파괴자로 이름이 높았지. 그에 비하면 오그날은 기껏해야 동네 건달이네. 혹시라도 유릭이 오그날에게 죽는다면…… 내가 사람을 잘못 본 거라고 치면 되네."

그레모르가 느긋하게 무구를 챙기곤 병사 열 명을 불러 모았다. 그가 싸움이 났다는 술집으로 향했다.

'웃지 않는' 오그날은 전투 경험이 풍부한 전사였다. 그는 전쟁이 끝나고 청부살인을 맡아왔었고, 덕분에 사람을 죽이는 감각을 아직까지 잊지 않았다.

살인 감각은 전사에게 몹시 중요하다. 대련으로 실력을 아무리 갈고닦아도 살인 경험이 없는 자는 진짜 전사가 되지 못한다. 상대의 목숨을 무자비하게 뺏을 수 있어야 진짜 전사가 된다. 살인이 익숙지 않은 전사의 칼에는 망설임이 느껴진다.

'나는 야브호른에서 두려움의 대상이다.'

야브호른에서는 모두가 오그날을 두려워했다. 그의 앞이라면 알아서 기었다.

제국 병사들조차 오그날을 함부로 건드리지 않았다. 북부인들은 강한 전사를 따랐고, 오그날을 건드렸다가는 폭동이 일어날 수도 있기 때문이다. 씨족사회 시절이었다면 오그날은 전사장이나 부족장이 되었을 사내였다.

시대의 흐름이란 잔혹했다. 북부는 더 이상 전사의 세계가 아니었다. 전사의 힘만으로는 모든 걸 거머쥐지 못했다. 과거라면 영광을 누렸을 전사조차 지금은 건달에 불과했다.

“커- 억!”

오그날은 숨을 크게 들이마셨다. 정신이 번쩍 들었다. 과거의 상념이 한 번에 날아갔다.

“정신이 들었어?”

유릭이 오그날의 멱살을 잡고 흔들었다. 오그날의 얼굴은 퉁퉁 부어 있었다.

‘어떻게 된 거지?’

머리를 된통 맞은 오그날의 기억이 흐릿했다. 조금 전에 있었던 일들이 선명하게 떠오르지 않았다.

‘내 수하들이…….’

오그날을 따르는 북부인들이 땅바닥이 누워 뒹굴고 있었다. 그중에는 팔다리가 잘린 놈도 있었다.

"웃지 않는 오그날? 정말 웃지 않는 거야? 봐봐, 잘 웃잖아."

유릭이 오그날의 입가를 붙잡아서 좌우로 밀어 올렸다. 오그날은 시야가 일그러지는 느낌을 받았다. 방향감각이 없어서 제대로 일어서지 못했다.

'내가 당한 건가?'

흐릿한 기억이 조금씩 떠올랐다. 그는 자신의 사촌이 외지인에게 얻어맞는 걸 두고 보지 못했다. 그래서 싸움을 걸었다.

'자신은 있었어. 숫자도 우리가 많았고, 내 실력이 떨어진다고 생각하지 않았지.'

오그날은 비현실적인 광경을 봤다. 유릭이 팔을 휘두를 때마다 사람이 한 명씩 나가떨어졌다.

'나는 칼을 뽑았지.'

오그날은 그제야 자신의 오른손을 바라봤다. 손가락들이 죄다 부러져 있었다. 화끈한 통증이 느껴졌다.

오그날이 칼을 뽑는 순간, 유릭이 도끼를 던져서 오그날의 손을 맞혔다. 도끼 뒷부분으로 맞아서 손이 잘리진 않았지만 손가락이 부러져 칼을 놓쳤다.

"끄으으."

오그날이 부러진 손가락을 감쌌다. 뼈가 조각나서 너덜너덜했다. 피부를 뚫고 나온 뼛조각들이 날카로웠다.

퍽!

유릭이 주먹의 밑바닥으로 오그날의 안면을 내려쳤다. 오그날이 비명을 지르며 안면을 움켜잡았다. 충격으로 한쪽 동공이 터지면서 찌익 하는 소리가 났다. 함몰된 얼굴은 끔찍하게 일그러졌다.

"오그날이 당했… 어."

술집 안이 술렁였다. 오그날 패거리가 한순간에 박살 났다. 전부 다 재기가 힘들 정도로 심각한 부상을 입었다.

"이제 자네 손을 베는 걸 방해할 사람은 없겠군."

스벤이 땅바닥에 침을 뱉으며 도끼를 들어 올렸다. 사기꾼은 기겁하며 소리를 질렀다.

"자, 잠깐! 끄, 히이이익!"

스벤이 가볍게 도끼를 휘둘렀다. 푸줏간 고기처럼 사기꾼의 손이 땅바닥에 툭 하고 떨어졌다.

"끄, 끄으으아아아!"

사기꾼이 잘린 손목을 붙잡으며 비명을 지르며 나뒹굴었다. 피가 사방으로 튀었다.

북부인들은 눈을 크게 뜨고 피투성이 광경을 지켜봤다. 그들이 잊고 있었던 살육의 쾌감이 여기에 있었다. 심장이 쿵쿵 뛰고 피가 끓어올랐다. 그들도 과거에는 피와 쇠가 뒤엉킨 전장에서 살았었다. 그들이 잃어버린 전사의 혼을 유릭과 스벤은 갖고 있었다.

"스벤, 그놈은 혀도 잘라야지."

유릭이 오그날을 벽으로 내던지며 말했다.

"알고 있네. 날 치매 걸린 노인 취급하지 말게."

스벤이 허리춤에서 단도를 뽑았다. 잘 관리된 단도는 예리했다.

"그런 적 없어. 괜히 찔려서 움찔하긴."

유릭이 주변을 둘러봤다. 더 이상 덤빌 사람은 없는 듯했다.

"끄, 끄읍읍."

사기꾼이 필사적으로 입을 다물었다. 스벤이 곤란한 표정으로 사기꾼의 뺨을 때렸다.

"이보게, 입을 벌려. 금방 끝날 테니까."

혀를 자른다는데 입을 벌릴 사람이 어디에 있으랴. 사기꾼이 고개만 도리도리 저었다.

뿌득.

스벤은 사기꾼의 아래턱을 잡아서 당겼다. 턱이 빠지면서 입이 벌어졌다.

"우으으읍!"

사기꾼이 발버둥 쳤지만 스벤은 이미 그의 혀를 잡아서 뺐다.

뿌찌이이익.

끔찍한 소리가 났다. 잘린 혓바닥이 탁자 위에서 움찔움찔했다.

"커, 컥컥."

사기꾼은 입안에서 차오르는 핏물을 뱉으며 발버둥 쳤다. 고통 때문에 땅바닥으로 손톱으로 벅벅 긁어댔다.

"주인장! 가게를 어지럽혀서 미안해. 이거 받아."

유릭이 적들의 주머니를 뒤져서 돈을 끄집어냈다. 그는 돈 주머니를 모아서 술집 주인에게 던졌다.

"제국군이다!"

누군가 외쳤다. 북부인들이 좌우로 흩어졌고, 제국 병사들이 걸어왔다. 병사들 중심에는 그레모르가 서 있었다.

"정말로 오그날이군. 살아 있나?"

그레모르가 쓰러진 오그날을 보며 말했다. 병사 하나가 오그날에게 다가갔다.

"숨은 쉬고 있습니다."

"저 꼴이면 어차피 오래 살진 못하겠군. 내버려 둬."

술집의 사람들이 숨을 삼키며 상황을 지켜봤다.

'저 외지인들도 이제 잡히겠군. 이렇게 난리를 피워댔으니……'

다들 그렇게 생각했다.

그레모르가 눈을 들어서 유릭과 스벤을 쳐다봤다.

"거하게 일을 벌였구려, 유릭."

"먼저 덤빈 건 저쪽이야. 난 우릴 속인 사람만 잡으려고 했다고."

유릭이 어깨를 으쓱했다. 그는 그레모르의 반응을 살폈다. 아직도 유릭은 무기를 꽉 쥐고 있었다. 여차하면 싸울 생각이었다.

"경계할 필요 없소. 이름 높은 당신과 싸울 생각은 없으니까."

그레모르가 팔을 벌리며 말했다.

'정말로 오그닐을 잡아 족쳤잖아.'

그레모르를 불러온 병사가 눈을 휘둥그레 떴다. 현장만 봐도 압도적으로 유릭이 이긴 게 보였다. 유릭과 스벤은 상처 하나 없었고, 다른 북부인들은 엉망진창으로 쓰러져 있었다.

"유명한 사람인가?"

북부인들이 그레모르의 반응을 보며 웅성거렸다. 제국에서는 칼을 쓰는 사람이면 한 번쯤은 들어봤을 이름이지만 북부까지 그의 이름이 닿지 않았다.

'명성.'

유릭이 중얼거렸다. 검귀 페르젠은 그 명성만으로도 적들을 무릎 꿇게 만들었다.

'내 이름은 여기까지 닿지 않았겠지.'

은근히 샘이 났다. 페르젠은 문명세계는 물론이고 남부와 북부까지 명성을 떨쳤다. 그는 살아 있는 전설이었고 불멸의 기사가 되었다.

"술 먹고 일어난 싸움까지 일일이 개입할 필요는 없겠지. 정리해."

그레모르가 병사들에게 손짓했다. 유릭과 스벤은 아무런 처벌도 없이 넘어갔다.

'만약 내가 무명의 야만 전사였다면 그레모르는 날 체포하려고 했을 터다. 아니, 애초에 성벽 안으로 들어오지도 못했겠지.'

그레모르는 유릭에게 호의를 갖고 있다. 그 호의는 순수하게 유릭의 명성에서 온 거였다. 유릭은 유명한 전사였고 그레모르는 그와 친해지고 싶어 했다.

"같이 돌아갑시다, 유릭."

그레모르가 유릭을 반기며 말했다.

"저 사람이 누구길래 수비대장이 저렇게 넘어가는 거야?"

그 뒤를 따르는 병사들이 의아한 듯이 떠들었다.

"저번 하멜의 마상창시합 우승자라고 하던데?"

"그런 사람이 왜 이런 곳에 있어? 보통은 강철 기사단에 들어가잖아."

"낸들 아냐."

하멜의 마상창시합은 일개 병사들도 안다. 그곳 우승자는 제국강철 기사단에서도 반길 정도다.

"이런 데서 도움이 되는군."

유릭이 어깨를 으쓱했다. 마상창시합의 경험은 유릭의 큰 재산이 되었다. 덕분에 유릭의 이름을 아는 사람이 많았고 대개 호의적인 반응이었다.

저택으로 돌아간 그레모르는 갑옷을 벗으며 연회를 준비했다. 좋은 술과 염장한 고기를 아낌없이 내놓았다.

"어차피 오그날은 조만간 내가 손볼 생각이었소. 오히려 당신이 내 일을 대신 해준 셈이지."

그레모르는 유릭이 벌인 살인에도 개의치 않아 했다. 제국인이 죽었다면 다소 문제가 있겠지만 이번 사태로 죽거나 다친 사람은 모두 북부인이었다.

술자리가 무르익었다. 그레모르는 유릭의 실력을 칭찬하며 치켜세웠다. 기분이 좋아진 유릭도 술을 연거푸 마셨다.

"그나저나 혹시나 해서 묻는데 여행의 목적지가 뮬린이오?"

그레모르가 조심스레 물었다. 그는 유릭이 북부인이라 생각했다.

'소문으로는 포르카나의 왕자, 아니, 이제는 왕이지. 왕과도 친분이 있다고 하던데.'

그레모르가 과할 정도로 유릭에게 잘해주는 이유가 있었다. 비록 야만인이지만 마상창시합 우승자이며 왕족과도 친분이 있는 자다. 여기서 끈을 만들어 두면 훗날 좋은 인연으로 도움을 받을 수도 있다.

"스벤, 우리가 어디로 가는 거였지?"

그레모르의 질문을 받은 유릭이 고개를 가웃하며 스벤에게 물었다.

"마르달렌."

스벤이 짧게 대답하곤 술을 마셨다. 그는 그레모르와의 술자리를 반기지 않았다. 하지만 그레모르의 호의 덕분에 일이 쉽게 풀렸기에 얌전히 참석했다.

"아! 마르달렌! 거기서 나온 목재가 질이 좋다고 소문이 자자하지!"

그레모르가 아는 척을 했다. 실제로도 북부의 특산품은 목재와 모피였다.

"그건 그렇고, 뮬린으로 가면 안 될 이유라도 있나?"

스벤이 날카롭게 말했다. 그레모르가 잠시 뜸을 들이다가 입을 열었다.

"조만간 뮬린과 무력 충돌이 있을 거요. 뮬린에는 아직 제국에 복속되지 않은 북부인들이 살고 있지. 그 전까지는 서로 개입하지 않고 있었으나, 근래 들어서 뮬린의 전사들이 상단을 습격하거나 제국령 북부에 속한 마을을 약탈하기 시작했소. 약탈을 견디지 못한 북부인들이 직접 뮬린의 전사들을 토벌

해 달라고 말할 정도요."

스벤이 눈을 크게 떴다. 하지만 곧 고개를 끄덕였다.

'이상할 것도 없지. 원래 우린 적이었으니까.'

제국이 침략하기 전에는 북부도 여러 부족 연맹으로 나뉜 상태였었다. 북부는 항상 자원이 부족했었고 서로를 약탈하는 게 일상이었다. 그런 식으로 약한 부족은 사라지고 강한 부족만 살아남길 반복했다.

우습게도 북부인이라는 통합된 정체성을 가지기 시작한 건 제국의 침략 이후였다. 거대한 적이 나타나자 북부인은 하나로 뭉치기 시작했다. 하지만 하나의 북부가 완성되기도 전에 북부는 제국에게 패했다.

"우린 뮬린으로 가지 않을 거요."

스벤이 말했다.

"그거 다행이로군. 야브호른을 지나가는 상단 중에서도 마르달렌이 목적지인 이들이 있을 거요. 원한다면 그쪽과 연결해 주지. 상단에 섞여가는 게 여러모로 편할 거요. 북부의 겨울은 여행자들에게 가혹하니까 말이오."

그레모르가 친절하게 말했다. 스벤은 침략자인 제국군을 싫어했으나 친절한 그레모르에게는 적의를 드러내지 않았다.

'하지만 뮬린의 전사들이 같은 북부인을 습격하다니.'

스벤이 쓰게 웃었다. 술맛이 더욱 썼다. 뮬린은 오래전부터 북부인의 성지였다. 서로 싸워대는 북부인들도 뮬린에서는 얌전하게 굴었다. 그곳은 울가로의 무덤이기 때문이다.

스벤이 고향을 떠난 지 5년, 그렇게 길지도 않았지만 그사이에 많은 게 바뀌었다. 지금은 야만과 문명이 뒤섞인 혼란의 시대였다. 변화에 인색한 자가 따라가기엔 벅찼다.

Chapter 10

마르달렌은 숲을 끼고 있는 마을이다. 사람들은 벌목업에 종사하고 있으며, 이곳에서 생산된 목재는 상단을 통해 제국으로 흘러들어 갔다.

하얗고 곧은 자작나무들이 눈에 띄었다. 자작나무 숲은 묘하게 영험했다. 정령이나 요정이 살 것처럼 고즈넉한 분위기였다.

"곧 마르달렌이오."

상단원이 말했다.

유릭과 스벤은 상단과 합류해 마르달렌까지 왔다.

"끄으으, 자도 자도 피곤하군."

유릭이 마차의 짐 위에서 기지개를 켜며 말했다. 날씨가 추워서 근육이 움츠러든 상태였다. 그 때문에 항상 몸이 뻣뻣했다.

"곧 따뜻한 침대에서 잘 수 있을 걸세."

"영감의 딸내미가 우릴 반겨준다면 말이지."

"난 그 아이의 아버지네. 딸이 아버지를 반기는 건 당연해."

스벤이 단호하게 말했다. 그에게 남은 혈육은 딸밖에 없었다.

북부의 대부분 지명이 그렇듯이 마르달렌도 원래는 씨족의 이름이었다. 십여 년 전에 스벤의 딸이 마르달렌 씨족으로 시집을 갔고, 스벤은 소 두 마리와 양 다섯 마리를 받았었다.

"여긴 나무 성벽이로군."

마르달렌은 규모가 작은 마을이었다. 사람들은 외부인을 경계했다.

"다 왔소. 짐 내리는 거나 도와주시오."

상단주가 유릭과 스벤에게 말했다. 합류하는 대신에 일손을 거드는 게 조건이었다.

"읏차, 영감은 쉬고 있으라고."

유릭이 스벤의 턱살을 가볍게 치며 말했다. 스벤은 껄껄 웃으며 유릭을 바라봤다.

"둘이서 돕는 게 조건이…… 아니, 됐소."

상단주가 말을 하다가 말았다. 그는 유릭이 상자들을 양손에 하나씩 들고 한 번에 들고 옮기는 걸 봤다. 유릭은 장정 세 명의 몫을 혼자서 거뜬히 해냈다.

"덩칫값은 하는군."

다른 짐꾼들도 유릭을 보며 중얼거렸다.

스벤은 유릭이 일을 하는 사이에 마을을 먼저 둘러봤다. 마을 사람들이 상단 근처에 와서 물건을 흥정했다. 모여든 사람 중엔 여자가 많았는데, 제국에서 만든 장신구나 사치품 따위가 상단의 거래 품목이었다.

"혹시 고리간의 아이린을 아시오?"

스벤이 사람들에게 물어봤다. 아이린은 북부에서 흔한 이름이었지만 고리간에서 온 아이린은 한 명밖에 없을 터다.

"아이린 아주머니가 고리간에서 왔잖아."

"아, 맞아, 맞아."

아가씨들은 뭐가 그리 좋은지 꺄르르 웃으며 말했다.

"그런데 아저씨는 누구세요?"

스벤이 잠시 머뭇거리다가 대답했다.

"아이린의 애비 되는 사람이오."

아가씨들은 서로의 얼굴을 바라봤다.

"저기 큰길로 쭉 따라가다가 사람들에게 물어보면 될 거예요. 여기 사람들은 서로 집이 어딘지 다 알고 있으니까요."

"고맙소."

스벤이 고개를 끄덕였다. 어느새 유릭도 짐을 다 옮기고 상단에서 빠져나왔다.

"딸은 찾았어?"

"금방 찾을 거네."

유릭과 스벤은 말고삐를 잡고 길을 걸었다. 그들은 금방 주변의 주목을 받았다. 외지인, 그것도 무기를 든 선사가 두 명이다. 경계하는 시선이 빼곡했다.

"고리간의 아이린을 찾고 있소."

"저쪽으로 집 다섯 채를 더 지나가 보시오."

스벤의 걸음이 점점 느려졌다. 유릭은 조용히 스벤의 등을 쳐다봤다. 스벤의 망설임이 등에서 보였다.

'딸을 찾아가기가 힘든 건가.'

유릭은 스벤을 이해하지 못했다. 하지만 차분히 스벤을 기다려 줬다.

똑, 똑.

한참이 지나서야 스벤이 문을 두드렸다.

"누구세요?"

집 안에서 목소리가 들렸다.

끼익.

문이 열렸다. 한 여성이 앞치마를 두르고 있었다. 그녀는 손에 묻은 물을 앞치마에 닦다가 고개를 들었다.

"아, 버지?"

여성이 눈을 동그랗게 떴다. 스벤은 멋쩍게 고개를 끄덕였다.

"오랜만이구나, 아이린."

스벤은 딸의 반응을 살폈다.

시집가기 싫다며 밤새 울던 소녀는 어느새 집안의 안주인이 되었다. 고운 손은 집안일로 굵어졌고 질끈 묶은 머리카락은 거칠었다. 스벤을 닮아 단호한 인상이었다.

"……살아계셨군요!"

아이린이 스벤의 목을 껴안으며 말했다. 스벤은 찔끔 나오는 눈물을 참았다.

사실은 딸을 생각해 본 적이 많이 없었다. 집안의 대를 잇고 자신의 전투 기술을 이어받는 건 아들이다. 이제 와서 늙고 병든 몸으로 딸을 찾아왔다.

'염치가 없군.'

스벤이 두툼한 손으로 아이린의 등을 두드렸다.

"아, 이럴 게 아니지. 빨리 안으로 들어오세요. 옆에 계신 분은?"

"내 친구지."

"어린 친구분이시네요. 안녕하세요."

아이린이 유릭을 보며 웃었다. 푸근한 미소였다.

'내가 어리다는 걸 금방 알아보는군. 역시 북부인이야.'

유릭은 은근히 기분이 좋았다. 제국에서는 다들 유릭을 나이 먹을 만큼 먹은 사내로 여겼다.

"환영해 주잖아. 역시 가족이로군."

유릭이 스벤의 뒤에서 중얼거렸다.

집 안은 벽난로의 온기로 따스했다. 아이린이 의자를 가리키며 잠깐만 앉아 있으라고 말했다. 스벤과 유릭이 의자에 앉은 채로 집 안을 구경했다.

"잘 정리하고 사는구나."

"물론이죠."

"남편은?"

"해가 지기 전에 들어올 거예요."

아이린은 등을 돌린 채로 물을 끓이고 있었다. 곧 따뜻하게 데운 꿀물이 나왔다.

"고리간 사람들이 동대륙을 찾아 떠났다는 소문은 들었어요. 모두 죽었거나, 살아 있어도 다시 만날 수 있을 거라곤 생각하지 않았죠. 엄마는요?"

"병을 이기지 못했다. 배에 타지도 못했지."

아이린이 잠시 눈가를 훔쳤다.

"그 대단한 고리간이 하루아침에 사라졌군요."

스벤이 속했던 고리간은 꽤나 큰 씨족이었다. 주변 씨족들에게 조공을 받을 정도였다. 그 정도 힘이 있었기에 동대륙 탐험이라는 도전을 했었다.

이런저런 이야기가 오갔다. 그간 있었던 일들을 하나둘씩 번

갈아 토해내듯 말했다. 무뚝뚝한 스벤도 말이 점차 많아졌다.

"엄마! 어?"

갑자기 문이 벌컥 열렸다. 소년도 되지 못한 사내아이가 집 안으로 뛰어 들어왔다. 그 또래답게 흙을 몸에 잔뜩 묻히고 있었다.

"이 사람들은 누구야?"

아이가 유릭과 스벤을 보며 말했다.

"네 외할아버지와 그 친구분이란다."

아이린이 아이의 뺨에 묻은 흙먼지를 닦으며 말했다.

쿵.

스벤이 마시던 꿀물을 놓치듯 내려놓았다. 그의 동공이 크게 떨렸다.

"내, 내 손자인 거냐?"

스벤이 말을 더듬었다. 그의 수염이 파르르 떨렸다.

"네, 올해 아홉 살요. 이름은 카르하예요."

아이린이 아들을 소개했다. 카르하는 스벤을 올려다봤다.

"오오! 내 손자구나! 이 아이가 내 손자야! 유릭! 내게 손자가 있네!"

머리로는 알고 있었다. 별다른 문제가 없으면 손주가 있을 터였다. 하지만 직접 보자 흥분을 감추지 못했다.

"으아앗!"

스벤이 카르하를 높게 들어 올렸다. 카르하가 당황하다가 곧 웃었다.

"그래! 네가 내 손자구나! 카르하! 마르달렌의 카르하!"

스벤이 신이 나서 외쳤다. 우렁찬 목소리가 옆집까지 퍼졌다.

"물을 데워놨으니 일단 씻고 오세요. 여독을 푸셔야죠."

아이린이 욕조를 가리키며 말했다.

스벤과 유릭이 욕조에 번갈아 들어갔다. 따뜻한 물 덕분에 움츠러든 근육이 녹아내리는 기분이었다. 유릭은 나른한 표정으로 눈을 감고 목욕을 즐겼다.

"따뜻한 물에 몸을 담그는 게 이렇게 행복할 줄은 몰랐어."

"북부의 묘미 중 하나지."

먼저 욕조에서 나온 스벤은 몸에 묻은 물기를 닦으며 대답했다. 그는 유릭 옆에 다가와서 속삭이듯 말했다.

"유릭, 내가 병들었다는 사실은 말하지 말게. 걱정을 끼치긴 싫으니까."

"알았어."

스벤은 손자가 그리도 보고 싶은지 물기를 닦자마자 밖으로 나갔다.

유릭은 욕조에 들어앉은 채로 그들이 떠드는 소리를 들었다. 땟물이 욕조 위를 둥둥 떠다녔다.

"물을 더 부어드릴게요."

아이린이 들어오더니 말했다. 그녀는 바가지로 땟물을 걸러내서 밖으로 쳐냈다. 미리 데워둔 물을 더 넣어서 온도를 맞췄다.

"아, 고마워."

"아버지 친구답게 전사이신가 봐요. 흉터도 많고 몸이 좋으시네. 어린데도 아버지가 친구라고 말하는 이유가 있네요. 그리고…… 내 남편보다 크군요. 여자들이 좋아하겠어요."

아이린이 태연하게 유릭의 알몸을 쳐다보다가 나갔다. 유릭은 어깨를 으쓱하며 웃었다.

"유릭, 물에서 자면 감기에 걸리네."

유릭이 눈을 감으며 꾸벅꾸벅 졸다가 고개를 들었다. 어느새 물이 꽤나 식었다.

"곧 나갈 거야."

유릭이 물을 닦다가 아이린이 꺼내놓은 옷을 바라봤다. 조금 작았지만 입지 못할 정도는 아니었다.

'좋은 여자로군.'

유릭이 피식 웃으면서 옷을 주섬주섬 입었다.

"안녕하시오, 유릭. 장인어른께 이야기는 벌써 들었소이다. 내 이름은 드리간드요. 아이린의 남편이지."

드리간드가 호쾌하게 손바닥을 내밀었다. 유릭은 그와 악수를 했다.

"반가워, 드리간드."

드리간드의 손은 상당히 투박했다. 나무꾼의 손이었다.

화기애애한 저녁 식사가 이어졌다. 드리간드는 급작스러운 방문에도 싫은 기색 하나 없이 스벤과 유릭을 대했다.

"그런데 이 집에는 무기가 보이지 않는군. 드리간드, 자네도 전사가 아니었나?"

스벤이 말했다. 그는 자신의 딸을 전사에게 시집보냈다. 북부 사내의 본업은 언제나 전사였다.

잠시 침묵이 일었다. 드리간드가 머리를 긁적였다.

"전투도끼와 방패는 지하실에 넣어뒀습니다. 근래 꺼낼 일이 없어서요."

"사내라면 언제든 자기 가족을 지킬 준비를 해야 하네. 무기는 눈에 보이는 곳에 두는 게 좋아."

스벤이 탐탁지 않다는 듯이 말했다. 북부의 사내들은 싸움을 잊고 있었다. 제국에게 싸움을 빼기고 평화를 얻었다. 더 이상 부족끼리의 전투도 약탈도 없었다.

"아버지, 이제 싸울 일은 없어요."

아이린이 말하자, 스벤이 잠시 눈을 흘겼다. 드리간드는 황급히 손을 저었다.

"장인어른의 말씀도 맞아. 언제 무슨 일이 있을지 모르지. 필요할 때 무기를 쥘 수 있게 준비해 둬야 돼."

"아무렴, 그래야 북부의 사내지."

스벤이 만족스레 웃었다. 아이린은 불만인 얼굴로 스벤을 바라봤다.

"하여튼 잠자리를 마련해 뒀어요. 언제까지 있으실 거예요?"

"오래 있진 않을 거란다. 단지 네 얼굴이 보고 싶었던 것뿐이니까."

아이린이 그제야 얼굴을 풀었다.

"저도 아버지가 보고 싶었어요, 처음 시집왔을 때는 원망도 했지만요."

"드리간드는 좋은 남자야. 이 남자라면 네가 행복할 거라고 생각했단다. 책임감이 강한 사내지."

스벤이 드리간드를 보며 말했다. 드리간드가 쑥스러운 웃음을 흘렸다.

"다른 건 몰라도, 그것만큼은 아버지가 맞았네요."

아이린이 드리간드의 뺨에 입을 맞추며 웃었다.

저녁 식사가 끝나고 유릭과 스벤은 잠시 바깥으로 나갔다. 그들은 헛간에 가서 말의 상태를 살피며 밤공기를 마셨다.

"쿨럭."

스벤이 입을 가리며 기침을 했다. 핏물이 손바닥에 묻어 나왔다.

"밤공기는 환자에게 좋지 않아. 빨리 들어가라고."

유릭이 집 쪽으로 고개를 까딱였다.

"만약 내가……."

스벤은 불안한 눈동자로 유릭을 쳐다봤다.

"알고 있어. 내가 영감을 언덕으로 보내주지."

"자네라면 믿을 수 있지. 진짜 전사니까."

스벤이 병색을 드러내지 않기 위해서 물로 입 주변을 씻어냈다.

'울가로여, 조금만 더 기다려 주시오.'

스벤은 핏물이 묻지 않은 걸 확인하고는 집 안으로 들어갔다.

공기가 달라진다. 집 안은 따스하다. 그곳에 아이린, 드리간드, 그리고 카르하가 있었다.

북부의 밤은 길고, 겨울은 태양마저 밀어냈다.

'아직도 어둡군.'

유릭은 침대에 누운 채로 눈을 떴다. 아직도 바깥은 캄캄했다. 북부의 날씨에 익숙한 이들은 아직 일어나지 않았다. 제국에 익숙한 스벤마저도 몸이 피로한지 곤히 잠들어 있었다.

끼익.

유릭이 무기를 챙기곤 조심스레 뒷마당으로 나갔다.

"후우."

밤공기를 들이마신 유릭의 가슴이 부풀었다.

어둠이 그를 불안케 했다. 예전에는 어둠이 두렵지 않았다. 어린 시절에도 어둠을 곧잘 응시하곤 했다.

'일렁이는 어둠을 응시하고 있으면 놈들이 날 보는 것 같아.'

갈 곳은 잃은 악령들이 스산하게 돌아다닌다. 유릭은 눈을 몇 번이나 깜빡였다.

유릭은 신의 가호를 잃어버렸다. 악령들이 그의 죽음을 애타게 기다렸다. 유릭처럼 사후세계를 잃어버린 영혼들이다. 어쩌면 그들은 유릭의 형제나 조상들일지도 모른다.

"내가 너희들의 세계를 파괴했다고 생각하는 거냐?"

유릭이 어둠을 향해 말했다. 그는 하늘산맥을 넘었고 영혼의 세계가 아닌 인간의 세계를 확인했다. 사후세계를 찾아 산맥을 넘었던 영혼들은 유릭 때문에 방황하는 악귀가 되었다.

"흥."

유릭이 코웃음 치며 도끼를 빙글빙글 돌렸다. 근육이 달아오르면서 수증기가 피어올랐다.

'올빼미의 자세.'

도끼를 내려놓고 칼을 뽑았다. 유릭은 검귀 페르젠에게 배웠던 자세를 취했다.

칼을 높게 치켜든 상단 자세. 사냥감을 노리는 올빼미에서 이름을 따온 자세다. 기사 검술에서 가장 많이 쓰이는 자세이기도 했다. 올빼미의 자세에서 나오는 검술은 화려하고 공격적이다.

"후욱."

유릭은 숨을 마시고 내뱉었다. 호흡을 가다듬으며 칼을 천천히 휘둘렀다.

날이 서서히 밝아왔다. 아무리 어둠이 깊어도 태양은 떠오른다. 유릭은 햇살을 바라보며 땀을 닦았다.

마르달렌의 아침이 시작된다. 안주인 아이린은 부엌에서 아침 식사를 만들고 있었다.

아침 식사는 빵과 고깃국이었다. 드리간드는 서둘러 식사를 하고 도끼를 챙겨 밖으로 나갔다.

"벌목일이 바쁜가 보군."

스벤은 드리간드가 나가는 걸 보며 말했다. 아이린이 빈 그릇을 치우며 대답했다.

"나무만 팔아도 먹고살 만하니까요. 열심히 해야죠."

유릭과 스벤은 이 마을에서는 한량이나 다름없었다. 여긴 싸움이 없는 곳이었다. 싸움이 없다면 전사의 존재는 의미가 없다. 수많은 북부의 전사가 목적을 잃었듯이 스벤과 유릭도 하릴없이 시간을 보냈다.

"하암."

아침 식사를 먹고 나니 졸음이 몰려왔다. 유릭은 뒷마당에서 스벤과 카르하를 바라봤다.

스벤은 카르하에게 전투술을 가르치고 있었다.

"드리간드가 돌아오면 한마디 해야겠군. 사내아이가 아홉 살인데도 아직 전투술을 가르치지도 않았다니……."

스벤이 카르하의 손에 장작용 손도끼를 쥐어줬다. 카르하에게는 전투도끼나 다름없는 크기였다.

"할아버지한테 휘, 휘둘러도 돼요? 진짜 도끼잖아요."

카르하가 손도끼를 바라보며 말했다. 스벤이 껄껄 웃으며 자신의 한손도끼와 방패를 꺼내 들었다.

"이 할애비에게 마음껏 휘둘러 보거라. 혹시 싫어하는 놈이라도 있느냐?"

스벤의 말에 카르하가 잠시 생각하더니 대답했다.

"토르얀요. 맨날 자기만 대장 역할을 해요."

"그래, 토르얀을 공격한다고 생각하고 분노를 토해내라. 전사의 공격에는 분노와 증오가 서려 있어야 돼. 그게 힘의 원천이다. 자, 오거라! 카르하!"

스벤이 도끼로 방패를 두드렸다. 하지만 아직도 카르하가 머뭇거렸다.

“카르하, 와라!”

스벤이 혼을 내듯 말했다.

‘겁에 질린 채로 도끼를 휘두르는군.’

유릭이 하품을 하며 카르하를 바라봤다. 스벤의 압박감 때문에 분노는커녕 소심하기 짝이 없는 공격이었다.

“그런 공격으로 사람을 죽일 수 있을 것 같으냐!”

카르하는 눈을 질끈 감고 도끼를 휘둘렀다. 스벤이 일부러 방패를 대주면서 때리는 감각을 익히도록 도와줬다.

“분노를 담아서 쳐라! 이렇게!”

보다 못한 스벤이 도끼를 크게 휘둘렀다. 닿지도 않은 일격이지만 충분히 위협적이었다.

“으, 으으.”

카르하가 부들부들 떨었다. 처음의 신나 하던 모습은 그 어디에도 없었다. 스벤의 가르침은 어린아이들의 장난감 놀이가 아니었다.

“내가 네 나이였을 때는 이웃 마을에서 잡아 온 포로의 목을 직접 베었다. 아버지가 내게 사람 베는 맛을 가르쳐 줬지.”

스벤이 방패로 카르하를 밀었다.

“읏.”

방패에 얻어맞은 카르하가 땅바닥에 넘어졌다.

"다시 한 번 더."

스벤이 방패를 앞으로 내밀며 카르하의 공격을 재촉했다.

더 이상 카르하는 즐겁지 않았다. 스벤을 무서워하며 억지로 손도끼를 들었다.

"드리간드가 널 사내답게 키우지 않았구나. 북부의 사내들은 모두 전사가 된단다. 빠르면 빠를수록 좋아. 너도 내 핏줄이니 훌륭한 전사가 될 수 있을 거다, 카르하."

스벤이 눈을 빛내며 말했다. 목소리에는 흥분이 묻어 나왔다. 그는 카르하를 몰아세우며 몇 번이나 위협적으로 넘어트렸다. 카르하는 울 것 같은 표정으로 일어섰다.

"울지 마라! 카르하! 전사가 흘려야 할 것은 눈물이 아니라 피와 땀이다!"

스벤이 호통을 쳤다.

"카르하! 이게 무슨 짓이니!"

집 안에서 아이린이 뛰쳐나왔다. 그녀는 물기가 묻은 손을 앞치마에 닦고 나서 카르하를 붙잡았다.

"아이린, 카르하에 대한 교육이 시원찮더구나. 아직도 전사의 기본이 잡히지 않았어."

스벤이 아이린을 책망하듯 말했다. 아이린은 눈을 치켜떴다.

"이게 무슨 짓이에요?"

"전사의 마음가짐을 가르쳐 주고 있었지. 저 옆에 유릭을 보거라, 아이린. 십 년 정도만 지나면 카르하도 유릭 정도의 나이가 될 거야. 유릭은 훌륭한 전사지. 카르하도 그런 전사가 될 거다."

아이린이 카르하를 스벤으로부터 보호하듯 안았다.

"카르하는 전사가 되지 않을 겁니다, 아버지."

스벤의 눈썹이 꿈틀거렸다. 그가 노기를 애써 억누르며 입을 뗐다.

"북부의 사내라면 누구나 전사인 거다. 전사가 아니면 검의 언덕에 가지 못하지."

"카르하는 전사가 될 필요가 없어요."

아이린이 자신의 품속을 뒤졌다. 그녀가 태양이 새겨진 목걸이를 꺼내 들었다.

"…아이린, 그게 도대체 무엇이냐?"

스벤이 손를 벌벌 떨며 말했다.

"우리 집은 더 이상 울가로를 믿지 않아요. 우린 성실하게 일을 하면서 살고 있어요. 싸우다 죽어서 검의 언덕으로 간다고요? 이제 와서 누구와 싸운다는 거죠? 죽을 자리를 찾아 싸우러 가는 전사들이 미친 거죠! 저는 제 아이를 싸우다 죽게 할 생각 없어요. 편히 살다가 침대에서 늙어 죽어도 받아주는 루의 곁으로 함께 갈 겁니다."

아이린이 카르하를 집 안으로 들여보냈다.

"넌 내 딸이다. 울가로를 믿지 않는다는 건 있을 수 없는 일이야."

"있을 수 없는 일이 일어났네요, 아버지. 언제부터 저에 대한 애착이 그렇게 강하셨던 거죠? 그런 분이 작별인사도 없이 동대륙을 떠나 이렇게 불쑥 찾아오셨나요? 저를 자식이라 생각했으면 그렇게 가셨으면 안 됐죠."

아이린이 가슴속에 담아둔 차가운 말을 쏟아냈다. 스벤은 말문이 막혔다. 가슴이 끓어오르는데 뭐라 할 말이 없었다.

"지금 그게 중요한 게 아니지! 울가로를 믿지 않아? 마을 사람들이 뭐라고 하지 않더냐? 전사가 되지 못하면 카르하는 따돌림을 당하겠지! 보잘것없는 사내로 취급을 받을 거야! 어미가 되어 그걸 보고만 있을 거냐!"

"이 마을 사람들도 루를 믿고 있어요. 더 이상 싸울 이유도 없고, 싸우지 않아도 부족함 없이 잘살 수 있어요."

북부인은 모피와 나무를 팔아 부족한 자원을 제국의 상인들에게 샀다. 예전처럼 부족한 자원 때문에 약탈을 할 필요가 없었다. 제국에게 전수받은 개간법 덕분에 비교적 남쪽에 속한 지방에서는 농산물 생산량도 급증했다.

전사들도 하나둘씩 무기를 버리고 자신의 직업을 찾아갔다. 칼로는 가족을 부양하지 못했다. 칼을 버린 전사들이 울가로를 믿을 이유도 없었다. 울가로는 전사가 아닌 이들은 경멸하지만 루는 충실하게 살아가는 자들을 사랑한다.

"드리간드가 오면 계속 이야기를 하지. 내 딸이지만 전사가 아닌 계집과는 말이 통하지 않는군."

스벤이 무기를 집어넣으며 말했다. 아이린이 아랫입술을 깨물었다.

"카르하는 아버지의 아들이 아니라, 제 아들입니다. 그리고 아버지와 달리 드리간드는 여자의 말도 존중하는 사내죠."

스벤은 더 이상 말을 하지 않았다. 아이린이 카르하를 데리고 집 안으로 들어갔다.

뒷마당에는 스벤과 유릭만이 남아 있었다. 유릭은 모든 광경을 두 눈으로 보고 있었다.

"역시 영감의 딸인걸. 대차게 단호해."

유릭이 피식 웃었다.

"내 딸이 울가로를 믿지 않다니……."

여자들도 검의 언덕에 갈 수 있다. 남편이 훌륭한 전사로 죽으면 그 사내에게 속한 여자와 아이들도 검의 언덕으로 따라 올라간다. 여인들은 그곳에서도 전사인 남편과 아들을 위해 요리를 하고 술을 담갔다. 죽은 아이들은 검의 언덕에서 전사들의 시중을 드는 요정이 된다.

스벤은 바깥에서 드리간드가 돌아오길 기다렸다. 일을 마치고 돌아온 드리간드가 스벤을 보며 활짝 웃었다.

"장인어른, 오늘도 코가 삐뚤어지게 마셔봅시다."

"할 말이 있네, 드리간드."

스벤이 나무둥치를 의자 삼아 앉아 있었다. 그가 도낏자루로 땅바닥을 짚은 채 턱을 괴었다.

"곧 날이 저무는데 안에서 해도 될 겁니다."

"아니, 여기서 해야 해. 무기를 잡게, 드리간드. 나는 아직도 자네가 전사인지 시험해 봐야겠어."

스벤이 한손도끼와 방패를 드리간드에게 던졌다. 그리고 자신은 양손도끼를 잡았다.

"집사람에게서 뭘 들은 겁니까?"

드리간드가 곤란한 듯이 머리를 긁었다. 그가 엉거주춤하게 도끼와 방패를 잡으려고 허리를 숙였다.

후웅!

스벤이 양손도끼를 휘둘렀다. 도끼의 압력이 드리간드의 머리카락을 흔들었다.

"전사답게 행동하게. 오늘 검의 언덕으로 갈지도 모르니까."

스벤의 말을 들은 드리간드가 눈을 감았다가 떴다. 서늘함이 눈가에 맴돌았다. 그가 도낏자루와 방패를 발로 세게 밟았다.

쿵!

충격을 받은 도끼와 방패가 위로 떠올랐다. 드리간드가 멋

들어지게 도끼와 방패를 낚아챘다.

“저는 이제 언덕으로 가지 못하니까. 여기서 죽을 순 없죠, 스벤.”

“정말로 울가로를 버린 건가? 자네는 전사네! 마음속으로는 울가로를 버리지 못해!”

스벤이 울부짖듯 말했다. 그는 딸을 시집보내기 전에도 드리간드를 몇 번 만났었다. 그가 봤던 드리간드는 호탕하고 훌륭한 전사였다. 무엇보다 가장에게 필요한 책임감이 있었다. 그런 사내가 아니었다면 딸을 보내지 않았을 것이다.

“누가 뭐래도 아직 저는 전사입니다. 단지 울가로를 믿지 않을 뿐이죠. 저는 제 처자식을 내버려 두고 싸우다 죽어 까마귀밥이 될 생각이 없으니까요. 제가 전사인지 아닌지 믿지 못하겠다면 시험해 보시죠.”

드리간드가 다리를 벌리며 방패를 올렸다.

“호오.”

유릭이 드리간드와 스벤의 대결을 지켜봤다.

‘자세가 안정적이야. 피를 얼마나 흘렸는지 보이는군.’

드리간드는 나무꾼이자 전사였다. 그 말은 허언이 아니었다. 드리간드는 무기를 잡자마자 전사로 변신했다.

스벤이 양손도끼를 휘둘렀다.

캉!

드리간드가 방패를 들어서 스벤의 도끼를 막아냈다. 그가 한손도끼를 경쾌하게 휘둘러서 바로 반격을 했다.

"늙었군요! 스벤! 하핫!"

드리간드가 곧장 스벤의 안쪽으로 파고들었다. 그는 파고든 힘을 방패에 실어서 스벤을 밀었다.

쿵!

스벤이 뒤로 밀려나며 주춤거렸다. 그와 동시에 드리간드가 스벤의 아랫도리 급소를 노리며 발차기를 했다.

"이제 쓸 일도 없을 텐데 여기서 터트리겠습니다!"

드리간드는 태양 신자였으나 막상 전투에 들어가자 북부 전사 그 자체였다.

"크읏!"

스벤이 정강이를 들어서 가까스로 드리간드의 발차기를 막아냈다.

뿌드득!

드리간드는 공세를 멈추지 않았다. 그의 한손도끼가 어느새 스벤의 양손도끼를 깊게 누르며 압박했다. 벌목으로 단련된 근육은 싸움에서도 무시무시했다.

"이제 제가 전사인 걸 확인하셨을 겁니다."

스벤을 몰아치던 드리간드가 도끼와 방패를 땅바닥에 던졌다.

"어째서 울가로를 배신한 건가?"

스벤이 숨을 헐떡이며 말했다. 폐병에 시달리는 그는 많이 쇠약해진 상태였다.

"북부에는 전사가 서 있을 곳이 없으니까요. 지금 북부에서 무기를 들어봤자 건달밖에 더 되겠습니까? 아이린에게는 제가 잘 이야기해 놓겠습니다, 장인어른."

드리간드가 먼저 집 안으로 들어갔다.

유릭이 주저앉은 스벤을 물끄러미 바라보다가 부축했다.

"다들 뿌리를 잊고 있어."

스벤이 중얼거렸다.

"그래, 그래. 뿌리를 잊으면 안 되지."

유릭이 건성으로 대답하며 웃었다.

생업에 종사하는 성실한 사내들과 여인들부터 태양교로 개종했다. 가장 개종이 늦는 집단은 전사와 노인들이었다.

마르달렌의 젊은이들은 가축의 피를 울가로에게 바치는 대신에 태양사원과 신전을 찾아갔다. 그들은 정오에 기도를 올리고 태양신에게 감사했다.

"요즘 사람들은 울가로를 잊고 있어."

상처투성이 노인이 말했다. 그 주변에는 울가로를 믿는 마을 사람들이 모여 있었다.

노인은 양의 목을 베어 그 핏물을 그릇에 받았다. 울가로에게 바칠 제물이었다.

"북부인이 루를 믿다니, 말도 안 되는 소리지."

마르달렌에서도 울가로를 믿는 자들이 있었다. 그들은 태양신자인 사람들과 별도로 제사를 지냈다.

종교 갈등은 북부의 어느 마을에나 있었다. 루는 거부하기엔 달콤한 신이었다. 살육과 피를 제물로 받는 울가로와는 달랐다.

때론 갈등이 극에 달해 마을 사람들이 서로를 죽이는 경우도 많았다. 그럴 경우에는 태양전사단이나 제국군이 개입해서 태양 신자들을 적극적으로 보호했다.

"울가로여, 내 딸을 용서하시오."

스벤이 짐승의 피를 얼굴에 바르며 말했다. 그는 마르달렌에서 울가로를 믿는 자들과 제사를 함께 지냈다. 겨울 사냥을 위한 제사였는데, 사냥꾼 같은 자들 중엔 아직도 울가로를 믿는 사람이 많았다.

"언젠가 울가로가 부활해 북부의 전사를 이끌 거야. 그때가 오면 태양교를 믿었던 놈들은 후회를 하겠지. 심판의 날이 멀지 않았어."

사냥꾼이 말했다. 사냥을 하려면 울가로의 가호가 필요했다. 그는 태양 신자가 늘어나는 걸 탐탁지 않게 여겼다.

신앙을 지키는 건 어려웠다. 북부인은 전쟁에서 패했다. 전쟁의 신이 자애의 신에게 지고 말았다. 패배한 전쟁의 신에게 그 어떤 의미가 있다는 걸까? 북부인은 영토만 뺏긴 게 아니었다. 그들은 뿌리와 정체성을 잃어가고 있었다.

"외지인 양반, 몇 년 만에 온 거요?"

제사를 끝낸 사냥꾼이 스벤에게 물었다.

"5년 정도."

"그때쯤부터 변화가 커졌소. 태양교의 사제들이 아무렇지도 않게 북부에 돌아다녔지. 10여 년 전만 해도 상상도 못 할 일이지. 태양 사제가 북부의 땅에 돌아다니다간 팔다리가 찢어질 텐데 말이야."

스벤이 그 말을 듣곤 웃었다.

보고 있는 자들도 시대의 흐름이 믿기지 않았다. 영원히 계속될 것 같던 북부의 강건함이 깨졌다. 저항하던 이들도 굴복했고, 문명의 선물은 북부인을 유혹했다.

"이미 북부에는 울가로의 전사가 없는 듯하군."

스벤이 쓴웃음을 지으며 일어섰다.

"뮬린으로 가 보시오. 그곳에 옛 북부가 있으니까."

제사를 끝낸 북부인들이 흩어졌다. 스벤은 그들의 등을 바라봤다. 다른 한편에서는 태양사원을 오가는 사람들이 보였다. 기묘한 광경이었다. 한 장소에 신이 둘이나 있었다.

"유릭, 오늘 밤 떠날 거네."

집에 돌아온 스벤이 유릭에게 말했다. 벽난로 앞에서 졸던 유릭이 고개를 들었다.

"작별인사를 해야겠군."

"아니, 인사 없이 떠날 걸세."

스벤이 단호하게 고개를 저었다.

"인사도 없이 간다니, 저번 일 때문에 삐진 거야?"

"그냥 내 말을 따라주게."

"아이린과 드리간드는 좋은 사람이야, 스벤."

유릭은 진심으로 그렇게 생각했다. 여기서 머무는 사흘 동안 그는 좋은 대접을 받았다. 아이린과 드리간드를 위해서라면 목숨을 걸고 싸울 생각이었다.

"알고 있네."

스벤이 저녁도 먹지 않고 먼저 잠자리에 들었다.

유릭은 평소처럼 저녁 식사를 하며 웃고 떠들었다. 선잠을 자다가 밤이 깊어서야 눈을 떴다. 챙길 짐은 많이 없었다. 무기와 여행 가방 하나가 전부였다.

"후우. 잘 있으라고. 아이린, 드리간드."

유릭을 바깥으로 나가며 나직이 말했다. 그가 목도리를 코까지 끌어 올렸다. 북부의 겨울밤은 사람을 죽일 것처럼 사납게 굴었다. 저 멀리서 눈보라가 몰아치고 있었다.

'이런 북부의 날씨가 울가로의 뜻이라면, 울가로는 분명 포악하고 잔혹한 신이겠지.'

유릭은 울가로가 좋았다. 그는 스벤처럼 전사로 자라온 사내다. 전사의 삶 말고는 생각해 본 적이 없다. 그런 유릭이 울가로에게 끌리는 건 당연한 일이었다.

'울가로는 분명 전사의 신이다.'

하지만 전사가 아닌 이들은 울가로의 포악함을 견디지 못했다.

"스벤."

유릭은 헛간으로 갔다. 스벤의 그림자가 보였다.

"막 깨우려고 했는데 마침 일어났군."

스벤은 말 뒤에 짐을 싣고 있었다. 말들은 누비옷을 마갑처럼 입고 있었다. 그걸 입지 않으면 말들은 북부에서 버티지 못했다.

"킬리오스, 조금만 더 고생해 달라고."

유릭이 킬리오스를 쓰다듬으며 교감을 했다. 유릭은 킬리오스의 기분을 금방 알아챘다. 킬리오스는 눈보라 치는 밤에 나가는 걸 싫어했다.

따각.

유릭과 스벤이 말을 타고 마르달렌을 나갔다. 입구를 지키던 자경단원이 유릭과 스벤을 알아보고 고개만 끄덕였다.

"스벤! 생각보다 눈보라가 심한걸! 오늘은 돌아가자고!"

유릭이 목청을 높였다. 그가 손을 앞으로 뻗으며 어둠 속에서 몰아치는 눈보라를 바라봤다.

"이미 우린 출발했네! 그냥 가세나!"

"그나저나 어디로 가는 건데? 다짜고짜 따라왔어!"

"고리간! 내가 태어나고 자란 곳이네!"

"거긴 이미 사람이 없다면서?"

"새로 정착한 사람들은 있을 걸세."

유릭이 이맛살을 찌푸렸다. 눈보라 때문에 한 치 앞도 보이지 않았다. 울가로가 포효하는 듯한 굉음도 간간이 들렸다.

'날을 잘못 잡았어. 이건 움직일 날씨가 아니야.'

유릭이 눈을 흘기며 스벤을 바라봤다. 스벤은 결정을 바꿀 생각이 없어 보였다.

"후우."

유릭이 얼굴에 들러붙은 눈을 털어내며 숨을 쉬었다.

꿈틀.

유릭은 스벤의 말을 바라봤다. 그의 동공이 어둠을 관통하듯 커졌다.

'뭔가가 움직였어.'

스벤의 말에 실린 짐이 꿈틀거렸다. 처음에는 눈보라 때문에 짐이 흔들리는 거라 생각했다.

'짐이 움직이는 거야.'

유릭이 킬리오스를 스벤의 옆까지 붙였다.

"스벤!"

유릭이 크게 소리를 쳤다. 눈보라 때문에 목소리가 힘겹게 닿았다.

"무슨 일인가?"

"뒤에 뭘 싣고 있는 거야? 개라도 잡아먹으려고 훔쳐온 거야?"

"별거 아니네. 신경 쓰지 말고 가세나."

유릭이 스벤의 눈을 바라봤다. 스벤은 고지식한 사내이며 거짓말을 잘하지 못한다.

"멈춰, 스벤."

유릭은 말에서 뛰어내리며 단도를 꺼냈다. 그가 짐이 묶인 끈을 잘랐다.

"읍, 읍."

유릭이 입술을 씰룩였다.

떨어진 짐을 풀어 헤치자 재갈을 물고 있는 카르하가 보였다. 카르하는 온몸이 묶여서 꼼짝도 하지 못했다. 아이의 눈동자는 공포에 절어 있었다.

"카르하는 내가 북부의 전사로 키울 거네."

스벤이 말에서 내리며 말했다. 카르하는 그의 피를 이어받은 사내아이였다. 카르하를 본 순간 이 아이를 전사로 키워야 한다는 생각이 들었다.

'울가로에게 피와 살을 바칠 전사.'

스벤은 땅바닥에 떨어진 카르하를 안아 들었다. 유릭의 표정이 일그러졌다.

"평생 전사로 살아온 노인네가 아이를 키울 수 있을 것 같아? 자기가 얼마나 살지도 모르는 사람이?"

"버틸 만큼 버틸 걸세. 카르하를 위해서도 이게 옳은 일이야. 드리간드는 전사지만 자신의 아이를 전사로 키울 생각은 없네."

"일단 마을로 돌아가자고. 눈보라도 심해. 지금 영감은 배신감 때문에 그러는 거야. 머리가 식으면 이딴 짓을 하지 않겠지."

유릭이 스벤의 어깨를 두드리며 말했다. 스벤은 유릭의 손을 쳐 내며 카르하를 세게 안아 들었다.

"이 아이는 내 핏줄을 이은 사내아이네! 분명 훌륭한 전사가 되겠지! 자네 같은 전사가 될 거야! 내 모든 걸 바쳐 이 아이를 위해 울가로의 가호를 얻어내겠네. 자네처럼 신의 축복을 받은 전사가 될 수 있을 거야. 아무렴!"

스벤이 카르하를 안으며 뒷걸음질 쳤다. 당장이라도 말에 올라탈 것 같았다.

"스벤……."

유릭이 말꼬리를 흐리며 스벤을 쳐다봤다. 그가 천천히 칼을 뽑았다. 눈보라를 가르는 쇳소리가 났다.

"울가로니 뭐니, 태양신이고 다 엿 먹으라고 그래. 그딴 건 집어치워! 지금 내가 옳다고 생각하는 건 하나야. 아이는 부모한테 돌아가야 돼. 카르하에게 필요한 건 엄마와 아빠라고. 노망난 할아버지가 아니라!"

스벤이 카르하를 내려놓았다. 그가 등으로 손을 뻗으며 도끼와 방패를 꺼내 들었다.

"날 막을 셈인가! 난 용병단에 있으면서 자네에게 헌신했네! 그 대가가 고작 이거인가? 유릭!"

스벤이 팔을 벌리며 울부짖었다.

"그래서 내가 검의 언덕으로 보내준다고 약속했잖아."

스벤은 언제나 든든한 사내였다. 용병단에 있을 때도 스벤은 유릭을 전폭적으로 지지했다. 어떤 상황에서도 유릭의 편을 들었다.

"유릭, 부탁이니 날 보내주게. 난 이 아이를 훌륭한 전사로 키울 걸세."

자존심조차 굽힌 부탁이었다. 스벤은 자신의 역량을 알고 있다. 그는 늙고 병든 전사이며 유릭은 전성기를 맞이한 전사다.

'유릭에게서 후광이 비치는 듯하군.'

스벤이 아른거리는 눈을 깜빡였다. 그의 눈으로 보기에 유릭은 찬란한 전사였다. 그 무엇에도 얽매이지 않고, 자신의 힘만으로 세상을 누볐다.

"내가 영감을 막는 건, 영감을 위해서야."

유릭이 칼을 앞으로 뻗었다.

"내가 원하는 건 이 아이를 전사로 만드는 것이네! 그게 날 위하는 거지!"

"영감이 어떻게 생각하든 상관없어. 전사라면 힘으로 남을 납득시키는 거야."

"유- 릭!"

스벤이 피를 토하며 외쳤다. 그가 목구멍에서 끓어오른 핏덩이를 뱉으며 도끼를 들었다.

캉!

유릭이 눈보라를 뚫으며 칼을 휘둘렀다. 묵직한 강철검이 스벤의 방패를 내려쳤다.

'묵직하군.'

스벤은 바로 반격하지 못했다. 유릭의 신체 능력은 보통 사람과 다르다. 그렇게 거세게 칼을 휘두르고도 빈틈없이 연속 공격을 이어갔다.

"흡!"

스벤이 방패로 유릭의 시야를 가리며 도끼를 휘둘렀다. 유릭의 시야 바깥에서 떨어지는 일격이었다.

카앙!

유릭은 옆으로 뛰어서 스벤의 도끼를 피했다. 공격했던 스벤도 바로 방패를 유릭 방향으로 돌렸다. 공방이 치열했다. 서로 빈틈을 내놓지 않았다.

'신의 축복을 받은 전사 유릭. 다음 한 번으로 승부를 내야 한다. 그 이상은 내가 버티지 못해.'

스벤은 숨을 헐떡였다. 그는 폐병을 앓고 있었다.

유릭은 스벤이 숨을 고르는 걸 기다리지 않았다. 이건 실력을 겨루는 대련이 아니다.

카- 앙!

유릭의 칼과 스벤의 도끼가 마주쳤다. 유릭의 칼이 스벤의 도끼에 달라붙었다. 스벤이 이리저리 도끼를 움직여 봤지만 유릭의 칼이 들러붙어서 휘두르지 못했다.

퍽!

유릭이 박치기로 스벤의 머리를 박았다. 스벤은 휘청거리며 뒷걸음질 쳤다. 유릭이 재차 발차기로 스벤을 밀어서 넘어트렸다.

철퍼덕.

스벤이 꼴사납게 넘어졌다. 그의 목덜미에 차가운 금속이

닿았다.

"카르하를 돌려보내자고, 스벤."

유릭이 스벤의 목에 칼을 겨누며 말했다.

"그 아이는 내 마지막 희망이네. 날 막고 싶다면 언덕으로 보내는 방법밖에 없겠지."

스벤이 서서히 몸을 일으켜 세웠다. 유릭의 칼날이 목을 가린 가죽을 짓눌렀다. 그는 칼날이 목덜미를 파고들든 말든 신경도 쓰지 않았다. 죽여볼 테면 죽이라는 듯이 일어섰다.

유릭의 얼굴이 일그러졌다. 스벤을 언덕으로 보내주리라 다짐했지만 오늘 같은 날은 아니었다. 하나도 개운하지 않았다.

"하아."

유릭이 한숨을 쉬며 칼을 땅바닥에 꽂았다. 스벤은 헐레벌떡 카르하 옆으로 뛰어갔다.

"고맙네, 유릭."

스벤이 중얼거렸다.

"부모에게서 아이를 뺏어서 얼마나 훌륭한 전사로 키우는지 보자고. 잘나신 북부의 전사께서 그게 옳다고 믿으니까! 제기랄!"

여기서 스벤을 죽이지 못했다. 스벤은 유릭의 형제나 다름없었다.

"카르하, 넌 나중에 내게 고마워하게 될 거다. 이 할애비가 너를 북부 최고의 전사로 키워주겠다."

스벤이 카르하를 안아 들며 말했다. 그는 카르하의 눈을 바라봤다. 카르하는 두려움에 떨고 있었다.

스벤은 북부의 전사였다. 어릴 때부터 약탈과 전투를 당연하게 여겼다. 그도 무기를 들고 뛸 나이가 되자 약탈에 참가했다. 북부에서 삶은 투쟁이었다. 살아남으려면 타인의 비명을 가벼이 여겨야 했다.

'타인의 고통과 비명을 마음에 두지 않아야 하지.'

스벤은 약탈을 마치고 돌아오던 전사들의 얼굴을 떠올렸다. 사람을 죽이고도 만족스러운 미소가 가득했었다. 자신의 가족들을 배불리 먹일 수 있다는 기쁨이었다. 전사들은 타인의 생명으로 자신의 가족을 부양했다.

"나는 어째서……."

스벤이 카르하를 안고서 주저앉았다. 카르하의 눈을 쳐다보지 못했다.

'약탈당하는 자의 눈.'

카르하는 빼기는 자의 눈을 하고 있었다. 그 약탈자는 스벤이었다.

스벤은 카르하에게서 모든 걸 뺏고 있었다. 카르하의 가족과 인생을 송두리째 뽑아가는 약탈자가 스벤이었다.

'이건 잘못되었어.'

전사는 타인의 고통과 비명을 이해하지 않아도 된다. 하지만 그들은 가족과 형제를 위해 분노하는 자들이기도 했다. 가족의 고통마저 무시하는 자들이 아니다.

"끄, 끄으으으."

스벤이 주저앉으며 눈밭을 손가락으로 긁으며 쥐어짰다. 병마의 고통보다 더 깊은 절망이 스벤의 가슴을 짓눌렀다. 자신이 무슨 짓을 했는지 깨달았다.

"빌어먹을 스벤. 정신 차렸으면 카르하를 돌려주러 가자고."

유릭이 뒤에서 투덜거렸다.

"유릭, 나는 이제 어떡해야 하는 건가? 내 자손은 전사가 아니며 울가로를 믿지도 않네. 내가 어찌 언덕에서 선조들의 얼굴을 본단 말인가?"

스벤이 무릎을 꿇고 통곡했다. 곧 그가 무기를 들고 일어섰다. 그가 성난 곰처럼 날뛰며 소리를 질러댔다.

"울가로여!"

스벤의 씩씩거리며 도끼를 허공에 휘둘렀다. 그의 목소리는 눈보라에 묻혔다. 참았던 핏물이 입가에서 새어 나왔다.

"언제까지 그 언덕에서 보고만 있을 겁니까! 도대체 언제 내려와서 우리를 구할 겁니까! 당신을 믿는 자들이 모두 사라진 뒤에? 제국을 상대로 우리가 피를 흘릴 때 당신은 도대체 무얼 했단 말입니까! 아직도 우리의 피와 생명이 부족하단 말입니까?"

스벤이 분노를 토해냈다. 한참이나 난동을 부린 스벤이 주저앉았다. 나이를 먹을 만큼 먹은 사내가 아이처럼 울었다. 그의 눈물이 눈밭에 닿자마자 얼어붙었다. 북부는 전사의 눈물을 받아주지 않았다.

유릭과 스벤은 아침이 밝아오기 전에 마을로 돌아갔다.

아이린은 카르하를 안은 채로 온갖 저주의 말을 자신의 아버지에게 쏟아부었고, 지하실의 무기를 꺼내온 드리간드는 무거운 침묵을 삼켰다.

"미안하다, 아이린."

스벤은 자신의 혈육에게 인사조차 받지 못하고 마을을 떠났다.

마을이 점으로 보일 만큼 멀리 나와서야 유릭이 입을 뗐다.

"스벤, 한마디만 할게."

스벤이 고개를 들었다.

"전부 자업자득이야."

유릭이 장난기 서린 미소를 지었다. 스벤은 인상을 찌푸렸다.

"고얀 놈."

to be continued

쥐뿔도 없는 회귀

목마 퓨전판타지 장편소설

불친적하기 짝이 없는 이세계 '에리아'.
그곳에 소환된 '이성민'.

13년의 생활 끝에 죽음을 맞이한 그에게
또 한 번의 기회가 주어졌다.

재능이 없다.
그러나 그에겐 13년의 기억이 있다.

우연처럼 엮인 필연이, 그리고 목적이
그를 앞으로, 더 높은 곳으로 나아가게 한다.

이성민은 무엇을 바라였는가.
무엇이 되고 싶었는가.

"나는 다시 살아가 보고 싶다.
전생보다 나은 삶을."

Wish Books

강화학개론

빈형 게임 판타지 장편소설

[+15 초보자용 하급 단검 강화를 성공했습니다!]

사고와 함께 찾아온 특별한 능력.
남들이 메인 시나리오 퀘스트를 쫓을 때
한시민은 강화 명당을 찾는다!
가상현실 게임 '판타스틱 월드'에서의 강화를 위한 모험!

"아, 빌어먹을. 9강부터 이 X랄이네."

그 유쾌하고 통쾌한 이야기가 시작된다!